中国教育学会中学语文教学专业委员会专家审定

青少年经典阅读书系〔名师解读〕
QINGSHAONIAN JINGDIAN YUEDU SHUXI

OZ GUO
LIXIANJI

OZ国历险记

【一部曲折离奇的美国版《西游记》】

〔美〕弗兰克·鲍姆◎著
《青少年经典阅读书系》编委会◎主编

首都师范大学出版社
CAPITAL NORMAL UNIVERSITY PRESS

图书在版编目(CIP)数据

OZ国历险记/《青少年经典阅读书系》编委会主编.—北京:
首都师范大学出版社,2011.11(2020年7月重印)
(青少年经典阅读书系.历险系列)
ISBN 978-7-5656-0532-1

Ⅰ.①O… Ⅱ.①青… Ⅲ.①儿童文学-中篇小说-美国-现代
Ⅳ.①I712.84

中国版本图书馆CIP数据核字(2011)第222667号

OZ国历险记
《青少年经典阅读书系》编委会 主编

策划编辑 李佳健
首都师范大学出版社出版发行
地 址 北京西三环北路105号
邮 编 100048
电 话 68418523(总编室) 68418521(发行部)
网 址 www.cnupn.com.cn
印 厂 汇昌印刷(天津)有限公司
经 销 全国新华书店发行
版 次 2012年7月第1版
印 次 2020年7月第7次印刷
书 号 978-7-5656-0532-1
开 本 710mm×1000mm 1/16
印 张 10.5
字 数 117千
定 价 26.00元

总　序

Total order

被称为经典的作品是人类精神宝库中最灿烂的部分，是经过岁月的磨砺及时间的检验而沉淀下来的宝贵文化遗产，凝结着人类的睿智与哲思。在滔滔的历史长河里，大浪淘沙，能够留存下来的必然是精华中的精华，是闪闪发光的黄金。在浩瀚的书海中如何才能找到我们所渴望的精华——那些闪闪发光的黄金呢？唯一的办法，我想那就是去阅读经典了！

说起文学经典的教育和影响，我们每个人都会立刻想起我们读过的许许多多优秀的作品——那些童话、诗歌、小说、散文等，会立刻想起我们阅读时的那种美好的精神享受的过程，那种完全沉浸其中、受着作品的感染，与作品中的人物，或者有时就是与作者一起欢笑、一起悲哭、一起激愤、一起评判。读过之后，还要长时间地想着，想着……这个过程其实就是我们接受文学经典的熏陶感染的过程，接受文学教育的过程。每一部优秀的传世经典作品的背后，都站着一位杰出的人，都有一个高尚的灵魂。经常地接受他们的教育，同他们对话，他们对社会与对人生的睿智的思考、对美的不懈的追求，怎么会不点点滴滴地渗透到我们的心灵，渗透到我们的思想和感情里呢！巴金先生说："读书是在别人思想的帮助下，建立自己的思想。""品读经典似饮清露，鉴赏圣书如含甘饴。"这些话说得多么恰当，这些感

总　序

Total order

受多么美好啊！让我们展开双臂、敞开心灵，去和那些高尚的灵魂、不朽的作品去对话，交流吧，一个吸收了优秀的多元文化滋养的人，才能做到营养均衡，才能成为精神上最丰富、最健康的人。这样的人，才能有眼光，才能不怕挫折，才能一往无前，因而才有可能走在队伍的前列。

“首师经典阅读书系”给了我们一把打开智慧之门的钥匙，会让我们结识世界上许许多多优秀的作家作品，会让这个世界的许多秘密在我们面前一览无余地展开，会让我们更好地去感悟时间的纵深和历史的厚重。

来吧！让我们一起品读“经典”！

国家教育部中小学继续教育教材评审专家
中国教育学会中学语文教学专业委员会秘书长　苏立康

丛书编委会

阅读导航

《OZ 国历险记》（原名《OZ 国的魔法师》）是一部充满了神奇色彩的儿童文学巨著，一直被誉为美国版的《西游记》。其作者是美国著名的儿童文学家弗兰克·鲍姆。

弗兰克·鲍姆是美国著名的作家及剧作家，美国儿童文学之父，自封为“OZ 国皇家历史学家”。他出生于一个富裕的企业主家庭，从小就迷恋童话和幻想故事，其程度几乎到了“白日梦”的地步。15 岁那年，由他经办的家庭报纸在当地引起了不小的轰动，获得了一定范围的成功。成年后，他从事过各种职业，其中包括记者、编辑、演员、公司职员、小农场主、杂货店主等。1880 年，在南达科他州担任新闻记者时，鲍姆开始了一生的写作生涯。

《OZ 国历险记》是鲍姆艺术成就最高的一部著作。它主要讲述了堪萨斯州的小女孩多萝西的故事。在龙卷风袭来的一天，多萝西和她的小狗托托被威力无比的狂风吹到了美丽而神奇的国家——OZ 国。为了重返家乡，回到收养自己的亨利叔叔和伊姆婶婶身边，她历经了千辛万苦和种种惊险。在寻找回家的路的漫长旅途中，不断有新的伙伴加入进来。首先是渴望能够得到一个聪明头脑的稻草人，其次是想要获得一颗善良的心的白铁樵夫，最后是想要拥有足够勇气的胆小的狮子。这些为了实现各自的愿望而走到一起的朋友们，成为了亲密的伙伴。他们患难与共，相互扶持，一起经历了不可思议的奇特之旅。故事情节曲折动人，人物个性突出鲜明，此书令读者爱不释手，且回味无穷。

《OZ 国历险记》一出版，就受到了读者们的热烈欢迎。鲍姆保持着旺盛的创作精力，又接连写了《OZ 国仙境》、《OZ 国女王》、《通往 OZ 国之路》、《OZ 国的翡翠城》、《OZ 国的布玩偶女孩》等 13 本书，鲍姆也由此被人们称为“OZ 国的伟大魔法师”。

《OZ 国历险记》还为鲍姆带来了很多荣誉：1900 年，《OZ 国历险记》出版后，曾经连续两年高居儿童书畅销榜首位；1901 年，又以音乐喜剧的形式在芝加哥上演；1939 年，美国好莱坞将其改编为电影剧本搬上银幕，并获得了当年的奥斯卡大奖；1976 年，在美国儿童文学协会举行的重要会议中，《OZ 国历险记》被列入“两百年来十部美国最伟大的儿童文学作品”之列，是美国儿童文学史上 20 世纪第一部受到如此赞誉的童话书籍。

想知道多萝西经历了哪些奇特的事情吗？那么就跟着多萝西一道去看看吧！

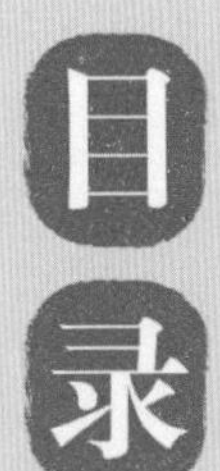

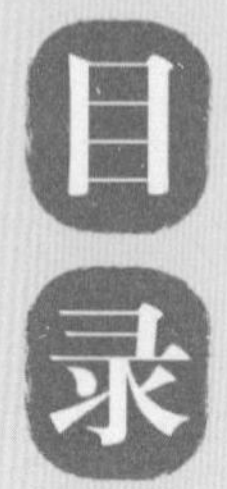

第一章 龙卷风来了

可怕的龙卷风带着房子旋转了两三圈以后，就像气球一样慢慢地升上了天空。

小姑娘多萝西是个孤儿，好心的农民亨利叔叔和伊姆婶婶收养了她。他们的家在堪萨斯大草原的中部。

由于木料搬运困难，他们住的房子很小，家里陈设也很简陋：一个已经生锈了的做饭用的炉子，一个放盘子的橱柜，一张桌子，四把椅子，两张床。亨利叔叔和伊姆婶婶的大床占据了房间的一个角落，多萝西的小床占据着另一个角落。这座房子既没有阁楼，也没有地窖，只在地下挖了一个小地洞，是用来防风的，因为大草原上风很大，有时还有龙卷风。龙卷风的威力可大了，所过之处，能把整座房子都“搬”走呢。这个时候，全家人就得躲进地洞里。

描述小主人公的生活状况非常贫困、艰难。

地洞里很黑，开口在房间的地板中央，那儿有一扇活板门，板门下面是一架梯子。龙卷风来的时候，多萝西和亨利叔叔、伊姆婶婶就可以迅速地从那里走进地洞。

土地、草，甚至小房子，一切都是灰色的，交代了他们的生活环境，缺少生机与活力。

站在他们家门口四处望，只能看见一望无际苍茫的大草原，看不见一棵树，也看不见一幢房子。视线所及之处，都是灰蒙蒙的，太阳炙烤的犁过的土地和被烤焦的草，甚至他们住的小房子，都是灰色的。他们的小房子以前曾经油漆过，但是经年的日晒雨淋，使得油漆都已经剥落了，恰跟周围的环境相衬——一样的灰蒙蒙的。

曾经活力四射的伊姆婶婶也被这灰色的环境染成了灰色。

伊姆婶婶刚嫁过来的时候，年轻漂亮，眼睛里充满了光彩，脸颊和嘴唇都带着红晕。可是现在，她的模样几乎全变了，脸上又瘦又憔悴，而且找不到一点笑容；眼睛、脸颊和嘴唇也都成了和周围环境一样的灰色。

亨利叔叔少言寡语，看上去很严厉。他好像从来不会笑，只会干活。他和伊姆婶婶一样，从他那长长的胡子到那粗糙的靴子，都是灰色的。

通过大段灰色、破败的描述，反衬小主人公的青春活力，只有他们“不是灰色的”。

整个大草原上，只有小多萝西和托托不是灰色的。托托是一只长着丝一般光滑柔软的长毛的小黑狗，它高兴起来那长在有趣的小鼻子两侧的小眼睛就一眨一眨的，非常可爱。多萝西很喜欢托托，他们俩一天到晚都在一起玩，多萝西的笑声从早到晚都不断。多萝西刚来的时候，那欢乐的笑声竟然让伊姆婶婶大吃一惊。她纳闷的是，这小姑娘怎么总会发现好笑的事，怎么总会那么高兴！所以每当多萝西欢快的笑声传来，她就会尖叫着把手按在胸口上。

可是今天却似乎跟往常不一样，天空显得特别灰，灰得让人觉得可怕。没有听到多萝西的笑声，多萝西只是抱着托托靠着门站在屋里，呆呆地望着天空；伊姆婶婶在洗盘子；亨利叔叔坐在门槛上，也焦急地望着天空。

排比句。描述三人各不相同的状态，为下文发生变故埋下伏笔。

突然，从北方稍远处传来了低沉的哀鸣，那声音很恐怖，像是恶魔在狂笑。转瞬间，呼啸而来的狂风把草原上的草吹得低下了头，形成了层层波浪，像是原本平静的大海突然间波涛汹涌。

亨利叔叔迅速站了起来。

“伊姆，龙卷风来了，我去看看牲口。”他一边大声招呼着妻子，一边朝圈着牛马的牲口棚径直跑去。

伊姆婶婶放下了手中的活儿，来到门口，她望了一眼就知道大难要临头了。

“快，多萝西，快到地洞里去！”她大声喊道。

伊姆婶婶可是吓坏了，情况紧急，她也来不及多想，一下子掀起地上的活板门，顺着梯子下到了那个又小又黑的洞里。

为什么她不先照顾她的孩子？一般的家长不都是这样的吗？

多萝西答应了一声，正准备向地洞那边跑，突然，托托从多萝西的怀中跳了下来，躲到了床下，小姑娘立即去抓它。顽皮的托托东躲西藏，多萝西好不容易才把托托抓住。就在她抱着托托跑向地洞的时候，突然听见一声巨大的风吼，房子也跟着剧烈地晃动。多萝西没站稳，一下子坐到了地上。

怪事发生了！

那房子在原地旋转了两三圈，慢慢地随风升上了天空。多萝西觉得自己像是在乘着气球上升。

原来，分别来自北边和南边的狂风恰好汇合到了房子坐落的地方，房子便成了龙卷风的中心。一般说来，在龙卷风的中心空气是静止的，但是房子周围的巨大压力把房子抬得越来越高，一直把它举到了风顶上。所以这时候，龙卷风就像举起一根羽毛一样，轻而易举地把房子带到了好几英里之外。

因为目前来看没什么危险，让她暂时安心。

四周已经非常黑了，可怕的风仍在没命地呼啸着。但多萝西却觉得坐在房子里很舒服。因为房子在转了几圈之后，开始倾斜了，多萝西就像个摇篮里的小娃娃，被轻轻地摇来摇去。

多萝西显然也没有什么“好兴致”，但为什么要这么说呢？

托托显然没有主人的好兴致，除了不停地叫，就是不安地跑。看得出来，周围发生的一切，把它吓坏了。

多萝西一动不动地坐在地上，等着看到底会发生什么事儿。

突然，托托跑到了离活板门很近的地方，一不留神掉了下去。多萝西吓坏了，她以为她将永远地失去托托了。谁知在她万分伤心的时候，一只耳朵从洞中露了出来，多萝西赶忙爬到洞口，抓住了托托的耳朵，把它拽到屋子里。

原来是空气的压力太大了，把它托了起来，所以托托才没掉下去。真是虚惊一场！多萝西赶紧把活板门盖紧。

一个钟头又一个钟头过去了，风声越来越大，简直要把耳朵都震聋了。多萝西渐渐地不害怕了，她只是觉得十分孤独。最初她还担心，不知道房子掉下来的时候自己会不会被摔得粉身碎骨。但是几个小时过去了，什么可怕的事情也没发生，她就不再担心了，决定静静地等待着，看看以后会发生什么。最后她从摇晃着的地板上爬过去，到了自己的床前，躺了上去。托托跟着躺到了她的身边。

> 表现了托托和主人的关系是那么的依恋和密切。

尽管房子在摇晃，风还在疯狂地呼啸，但是多萝西依然闭上了眼睛慢慢地睡着了。

> 可以看出多萝西这个小姑娘的不同之处，异常的冷静、随遇而安。

情境赏析

文章首先介绍了多萝西是美国一个很普通的孤儿，然后描述了在养父母家贫困艰难的生活，灰色的土地，灰色的树，灰色的房子，甚至曾经年轻漂亮、活力四射的伊姆婶婶也被这生活和环境折磨成了灰色。而与这些形成强烈对比的就是只有多萝西和托托“不是灰色”的，她总是在笑，说明她是一个开朗乐观、随遇而安的可爱的小姑娘。

名家点评

“我的书是为那些心灵永远年轻的人写的，无论他们年纪有多大。”

——（美）弗兰克·鲍姆

第二章 来到梦赤金人的国土

风轻轻地把房子放到了地上——不是和亨利叔叔他们居住的草原，而是一个奇异美丽的国度！

多萝西睡得正香，突然房子剧烈地震动了一下，把正在梦中的多萝西给震醒了。要不是躺在这软软的床上，她说不定会受伤的。

真正使她紧张起来的还不是房子的震动，而是一阵奇怪而又刺耳的声音，到底出了什么事？托托被吓坏了，一边凄楚地呜呜哀叫着，一边把它那冰凉的小鼻子拱到她的脸上。

多萝西猛地坐了起来，发现房子不再动了。再往窗外一看，天也变晴朗了，灿烂的阳光从窗户射了进来，洒在小小的房间里。她从床上一下子跳了起来，跑到房门边，打开屋门，托托紧紧跟在她的脚边。

多萝西惊奇地叫起来，这奇妙的一切，让她的眼睛睁得越来越大。

原来，风已经轻轻地把这幢房子放到了地上。但不是和亨利叔叔居住的草原，而是一个奇异美丽的国度！四周是一片片绿油油的草地，粗壮的树上挂满了丰硕甘甜的果实，让人看了就垂涎三尺。一簇簇美丽的鲜花开满四野；一群群小鹿在草地上奔跑嬉戏；长着亮丽而罕见羽毛的小鸟在树上和灌木丛中边歌唱边拍打着翅膀。不远的地方有一条小溪，沿着绿草茵茵的河岸闪着亮光，缓缓流过。

一切的一切，对于多萝西这个长期生活在干燥的灰蒙蒙的草原上的小姑娘来说，都是那么美妙，那么惊奇。那淙淙的流水声不知道有多悦耳，那茵茵的绿草地不知道有多可爱！

就在多萝西聚精会神地欣赏着这片美丽景色的时候，突然看见一群她从未见过的奇怪的人朝她走来。他们既不像叔叔那类成年人一样高大，也不特别矮小，和自己差不多高，只是年龄看上去比她要大得多！

再看他们的打扮，更是稀奇古怪到了极点！三个男人、一个女人，每个人都戴着一顶足足有一英尺高的圆帽子，帽顶是尖的，帽边上有许多小铃铛。他们一动，那些铃铛就发出悦耳的声音。男人们的帽子是蓝色的，衣服也是蓝色的，他们还穿着擦得锃亮的靴子，长长的靴筒也是蓝色的。那女人的帽子是白色的，她穿的一件长袍也是白色的，披在肩上，形成了好多皱褶儿。长袍上有许多闪亮的小星星，如同钻石一样，被太阳一照，金光闪闪的。从这几个男人留的胡子判断，多萝西觉得他们和亨利叔叔的年龄差不多。那个女人肯定年纪要大一些，因为她满脸皱纹，头发也近乎全白了，还有，她走路时腿脚也不够灵活。

几个人走到房子门口，看见了多萝西后，顿时停住了脚步，小声说了几句话。过了一会儿，那个女人径直向多萝西走了过来，深深地一鞠躬，用甜美的声音说：

“欢迎您，我尊贵的魔法师，欢迎您来到梦赤金人的国土。我们对您表示由衷的感谢，是您杀死了东方邪恶女巫，把我们的人民从枷锁中解救了出来。”

多萝西听了这一席话，非常纳闷：这个小女人称她为魔法师，还说她杀死了东方邪恶女巫。东方邪恶女巫是谁啊？她只知道是一阵龙卷风把她从好多英里之外的地方带来的，而且，她这辈子也没杀过什么东西呀？怎么还会杀死一个女巫呢？这一切到底是怎么一回事儿？

那个小女人显然在等着她回话。于是多萝西犹豫了一下，然后说：

“感谢您的热情欢迎，不过这一定是弄错了。我可什么东西都没杀死过。”

“哦，是您的房子杀死她了。不过这没什么区别。”小女人笑着说，“你瞧，从那块木头下面往外伸着的就是她的双脚。”

多萝西朝着她指的方向——也就是房子的一角看了一眼，马上吓得尖叫了一声。一点儿没错！在房子压着的一根大木梁下面，伸出了两只脚，上面还挂着一双尖头银鞋子。

“啊，天哪！啊，天哪！真是太恐怖了！”多萝西吓得连连后退，惊愕地把双手握在一起，“一定是房子落到了她的身上。这下可怎么办哪？”

“没什么怎么办的。”小女人平静地回答。

“可她是谁呀？”多萝西问。

“我说过了，她就是东方邪恶女巫。”小女人回答说，“她让梦赤金人从早到晚给她干活，奴役了他们好多年。现在她死了，梦赤金人终于自由了，这都得感谢您的恩典！”

“谁是梦赤金人啊？”多萝西问道。

“他们是生活在邪恶女巫统治下的东方国土上的人。”

“那么你是梦赤金人吗？”多萝西问。

“不是，我是北方女巫 ，是梦赤金人的朋友。梦赤金人看到东方邪恶女巫死了，立刻派了个使者到我那儿报信，我马上就来了。”

“啊，太棒了！”多萝西喊道，“你是一个真正的女巫吗？”

“我当然是个女巫，”那小女人答道，“还是个好女巫，人人都喜欢我。只是我没有东方邪恶女巫那么本领高强，不然我早就把这里的人民给解放了。”

“但是，我以为所有的女巫都是坏的呢。”多萝西说。面对着这么一个真正的女巫，她可真是吓坏了。

“噢，天哪，那可是个极大的误会。让我跟你这么说吧，我们这里是OZ国，全OZ国一共有四个女巫，北方女巫和南方女巫都是好人，而那两个住在东方和西方的女巫都是邪恶的化身。不过现在她们中间有一个已经被你杀死了，全OZ国就只有一个邪恶女巫了，就是住在西边的那一个。”

“不过，伊姆婶婶曾经告诉过我，女巫们在好多年以前全都死了!”多萝西想了片刻说。

“伊姆婶婶是谁?”小女人问道。

“她是我的婶婶，住在堪萨斯，我就是从那儿来的。”

北方女巫低下头，两眼望着地上，停顿了一下，好像是在思考什么。然后她又抬起眼睛向天空看了看，说：

“我不知道堪萨斯在什么地方，因为我从来没听别人提起过。不过，请你告诉我，那是个文明的国度吗?”

“嗯，当然啦。”多萝西答道，“那里每个人都很善良。”

“那么这就对啦。在文明的国家是不需要巫师的!没有男巫，没有女巫，也没有魔法师。不过，你看，OZ国从来就没开化过，因为它和外边的世界隔绝了，所以我们这儿一直有巫师。”

“男巫们都是谁呀?”多萝西问。

“OZ本人就是位最伟大的男巫师，”女巫把声音放得低低的，悄悄地说，“他比我们全体合到一起的能力都大。他住在绿宝石城。”

第三章

北方女巫的魔法

北方女巫摘下帽子，把帽顶放在鼻尖上，数了三个数，帽子立刻变成了一块石板，上面写着几个大字：让多萝西去绿宝石城！

多萝西正打算要问另外一个问题时，突然站在一旁的梦赤金人指着房子的一角，也就是邪恶女巫躺着的那个地方大喊了一声。

“怎么啦?”北方女巫问道。

“你看……那里……”梦赤金人有些语无伦次。

北方女巫看了看，便大笑起来。原来那邪恶女巫的脚不见了，除了那双银鞋子，什么都没有了。

“不用害怕，”北方女巫解释说，“她太老了，是太阳把她晒化了。不过这就是她的下场。小姑娘，感谢你，那双银鞋子归你了，你可以把它们穿上。”说完她弯下身子拿起了那双鞋，抖了抖上面的土，递给了多萝西。

面对着这双邪恶女巫的鞋子，多萝西有些犹豫。

“这双鞋子可是东方女巫的骄傲呢，”一个梦赤金人解释道，“这双鞋有魔力，但究竟是什么魔力，我们从来不知道。”

多萝西接过鞋子，把它们拿到屋里，放到了桌子上。然后，她又走出来，到了梦赤金人面前，说：“我急着要回到我的叔叔和婶婶那儿，我想他们一定在为我担心。请问你们能帮助我找到回去的路吗?”

梦赤金人和女巫先是互相看了看，然后又看了看多萝西，都摇了摇头。

一个梦赤金人解释说：“在离这儿不远的地方，就是东方。那里有一片大沙漠，迄今为止没有人能够活着穿过去。”

“在南部也是一样，”另一个梦赤金人说，“因为我曾经到过那边儿，看见过。南部是阔德林人的国土，也没有办法穿过。”

“我听说，”第三个梦赤金人说，“西部的情况更糟。那个地方住着温基人，被西方邪恶女巫统治着。如果你要从她那儿经过，她就会把你变成她的奴隶。”

“北方就是我的家，”那小女人说，“不过那个地方的旁边也是一片大沙漠，就是把 OZ 国围在中央的那片沙漠。亲爱的，恐怕你得和我们住在一起了。”

听了这些话，多萝西不由得哭了起来，她太想念她的叔叔和婶婶了！而且和这些奇怪的梦赤金人待在一起，她感到很孤独。

她的眼泪似乎也感动了那些善良的梦赤金人，他们立刻全都掏出了手帕，跟着哭了起来。那个北方女巫，摘下自己的帽子，把帽顶在鼻尖上放正了，用一种严肃的声调数着“一、二、三”。帽子立刻变成了一块石板，上面用粉笔写着几个大字：

让多萝西去绿宝石城！

小女人从鼻子上把石板拿了下来，读完上面的字之后，问道：“亲爱的，你的名字是叫多萝西吗?”

“是的。”多萝西一边抬头望了望她，一边擦着泪水。

“那么，你必须到绿宝石城去。”小女人说，“或许 OZ 会帮助你。”

“那座城市在哪儿?”多萝西问。

“就在这个国家的中央，由 OZ 统治着，就是我和你说过的那个伟大的男巫师。”

“但是我要怎么样才能到那儿呢?”多萝西问。

“你得走着过去。挺远的路呢。要穿过一片国土，那儿的风景有时候好看，令人愉快；有时候黑暗，令人害怕。不过无论如何，我会用我所知道的一切魔法保护你，使你免受伤害。”

“你可以和我一同去吗?”女孩儿恳求道，很显然她已经开始把这个小女人看成自己的朋友了。

“不，我不能去，”她答道，“不过我会亲吻你一下，这样你就安全了，因为没人敢去伤害一个被北方女巫亲吻过的人。”

她走近多萝西，轻轻地吻了吻她的额头。女巫的嘴唇碰到的地方留下了一个发亮的圆圆的印记，这是多萝西在不久后发现的。

“通往绿宝石城的道路铺着黄砖，”女巫说，“只要沿着这些黄砖走，你就不会迷路。你到了 OZ 那儿，不必害怕，只需把你的事告诉他，请求他帮助，你就能回家了。祝你好运，亲爱的。”

三个梦赤金人朝多萝西深深地一鞠躬，并祝她旅途愉快。然后，他们就走进了密密的森林。女巫友好地对多萝西点了一下头，用左脚跟转了三圈，顿时不见了。托托吓了一跳，女巫一消失，它就在后面汪汪大叫起来，因为女巫在旁边的时候它不敢汪汪叫。

多萝西这次没有被吓到，因为已经知道她是女巫，早估计到她会这样消失的，所以也就一点儿不感到吃惊。

第四章 踏上征程

多萝西知道只有伟大的OZ能帮助她回到堪萨斯，因此她勇敢地做出决定，不找到OZ绝不回头。

女巫和梦赤金人都走了，就只剩下多萝西和托托了。

多萝西突然觉得肚子饿了。她走进小屋，走到柜橱前，给自己切了些面包，抹上黄油。她也给了托托一点儿面包。吃着吃着，她又觉得有点渴了，就从架子上拿下一只水桶，提着桶到小溪边打了一桶清澈的溪水。托托跑到树下，对着站在树上的小鸟汪汪地叫起来。多萝西赶忙过去追赶托托，却看到树枝上挂着很多好吃的水果，就采摘了一些用来当早饭。

表现了多萝西随遇而安的性格，而且她很懂事、成熟，早已学会了自己照顾自己。

吃过早饭，又喝了些清凉干净的溪水，她就开始为去绿宝石城做准备了。

多萝西看了看自己的衣服，除了身上穿的，就只有一件连衣裙了，它正干干净净地挂在一个木钉上。尽管这衣服有点旧了，但仍然是件漂亮衣服：蓝白相间的小方格布，领子上还有一个大大的蝴蝶结。她精心地梳洗了一番，换上那件干净的连衣裙，把一顶粉红色的遮阳

多萝西是一个爱整洁、爱干净的小姑娘。

帽在头上戴好束紧，又拿了一只小篮子，从柜橱里取了些面包放到篮子里，又放进了几个刚采摘的水果，上面盖了一块白布。最后她低头看了看自己的鞋，这才发现鞋子太破旧了。

“托托，我的鞋子肯定经不住这么远的路。”她说。

托托很可爱。也表明了它和多萝西极亲密的关系。

托托抬起头，用它那双黑色的小眼睛看了看多萝西的脸，摇摇尾巴，汪汪叫了两声，表示明白她的意思。

就在这时候，多萝西突然看到了放在桌子上的那双北方女巫送给她的银鞋子。

“这鞋子倒是非常适合走远路，因为它们是穿不破的，但是不知道它们合不合我的脚呢。”说完她脱下旧鞋，穿上那双银鞋子。真奇怪，这双鞋子她穿着正合适，好像原本就是给她做的。

一切准备就绪后，她拿起了篮子。

“走吧，托托，”她抬起头，向门外看了看说，“咱们去绿宝石城，问问OZ我们怎样才能回到堪萨斯，回到亨利叔叔和伊姆婶婶身边！”

表现了她的小心、谨慎和拥有很强的自理能力。

她关上房门，上了锁，然后小心地把钥匙放进衣服口袋里，开始了自己的旅行。托托跟在她后面，一路小跑。

附近有好几条大道，没费多少时间多萝西就轻易地找到了那条铺着黄砖的路——很醒目的一条路。她轻快地踏上了通往绿宝石城的路，那双银鞋子踩在硬硬的黄砖路面上发出悦耳的声响。

天气很好，太阳闪烁着金色的光芒，鸟儿动听地歌唱着。也许你会认为一个小姑娘突然被风从自己的家乡吹走，落到了一片奇异的土地上，人生地不熟的，一定会难过极了，但多萝西几乎没有这种感觉。

美丽的景色和她的家乡全然不同。

多萝西走着走着，就惊异地发现周围的景色真是太美了。道路两旁是整齐的栅栏，一律被漆成了那种雅致的蓝色，栅栏外是茂盛的庄稼地和菜地，地里长满橙黄色的庄稼。显然梦赤金人都是些勤快的农夫。每经过一幢房子的时候，人们就会走出来看她，和她打招呼；当她走过的时候，他们就深深地向她鞠躬。因为人人都知道，是她杀死了邪恶女巫，把他们从邪恶女巫的枷锁中解救了出来。梦赤金人的房子外观都很奇特，每幢房子都是圆形的，连屋顶也是圆的。所有的房子都漆成了蓝色，因为在东部这块国土上，蓝色是人们喜爱的颜色。

不知不觉，已经快近黄昏了，走了这么长的路，多萝西有些累了，于是开始琢磨该在哪儿过夜。这时，她来到了一幢比其他的房子都要大的房子前。屋前绿色的草地上，男男女女正在载歌载舞，五个矮个子小提琴手拼命地把琴拉得非常响，人们边听边唱。旁边有一张大桌子，上面摆满了美味的水果、干果、馅饼和蛋糕，还有好多好吃的东西。

载歌载舞：又唱歌，又跳舞，形容尽情欢乐。

人们很友好地向多萝西打招呼，并邀请她和他们一同吃晚饭和过夜。

这个国家的人是友好、善良的。

吃饭的时候多萝西才知道，这是这片土地上最富有的一户梦赤金人家，主人和他的朋友们正聚在一起庆祝自己从邪恶女巫的奴役下解放了出来。

表现了梦赤金人对恩人真诚的感激之情。

这一顿晚餐很丰盛。那位名叫伯克的富有梦赤金人亲自侍奉她。吃完饭后她坐到了一张长靠椅上，看着人们跳舞。

伯克看到了她的银鞋子，说道："你一定是个了不起的魔法师。"

"为什么说我是个了不起的魔法师呢?"小姑娘不解地问。

"因为你穿了一双银鞋子，还杀死了邪恶女巫。而且，你的衣服上有白颜色，在我们这里，只有女巫和女魔法师们才穿白色衣服。"

"我的衣服是蓝白格子相间的呀。"多萝西一边说，一边把衣服上的褶儿抚平。

"只有像你这样的人才能穿这样的衣服。"伯克说，"蓝色是梦赤金人的颜色，白色是女巫的颜色，你的衣服上有蓝白两种颜色，所以我们知道你是个友好的女巫。"

可以看得出，多萝西和托托休息的环境很舒适。

夜深了，多萝西看跳舞看累了，伯克就把她领进房子。他在那里给她安排了一间屋子，屋内有一张床。床单是蓝布的，很软很舒服，多萝西在床上一直酣睡到清晨；托托蜷缩在她旁边的一小块蓝色的地毯上，也睡得很香。

第二天早晨，多萝西照例吃了一顿丰盛的早餐，早餐时看见一个小不点儿的梦赤金孩子和托托玩耍。那孩子拽住托托的尾巴，欢快地叫着——对于这儿所有的大人和孩子来说，托托是个让人感到新奇的玩意儿，因为他们从来没见过这样的动物。

“这里离绿宝石城还有多远啊？”女孩儿问。

“我不知道，”伯克严肃地回答，“因为我从来没去过那儿。除非你有什么事要和OZ来往，不然的话你最好离他远点儿。而且听说去那里的路也特别远，要走上好几天呢。更糟糕的是，沿途必须经过一些荒凉和危险的地方。不过，他们都说那个地方很富裕也很令人快乐。”

听了这些话，多萝西稍稍有些迟疑，但是，当她想到只有伟大的OZ才能帮助她回到堪萨斯时，就勇敢地做出决定：不找到OZ，绝不回头。

多萝西只要想到能回到家乡，什么困难她都不在乎了。

情境赏析

多萝西是个非常乖巧、懂事而且乐观、开朗的小姑娘，从她肚子饿了后一系列的动作描述中，以及为去绿宝石城所做的充分准备中就可以看出来。另外，OZ国虽然如此美丽，这些新朋友又如此友善、好客，但多萝西只是一门心思想回到家乡，虽然那里满眼都是破败的灰色，但那里有她的亲人。

名家点评

弗兰克·鲍姆一生从事过多种职业，但因其对孩子的喜爱和了解，以及其与生俱来的丰富想象力和创造力而致力于儿童文学的创作。被视为20世纪初美国最为著名的儿童文学家之一。

——（美）菲茨杰拉德

拯救稻草人

第五章

眼前的这一切真是太不可思议了！稻草人居然能说话，多萝西长这么大，这还是第一次碰到。

跟大家道别后，多萝西又踏上了那条黄色的砖路。走了几英里之后，她感到有些累了，想停下来休息一下，就爬到路边的栅栏上坐下来。栅栏外是一大片稻田，一阵风吹来，稻田泛起层层波浪。她看见远处有一个稻草人，被高高地挂在竹竿上，在那里看管着鸦雀，不让它们飞近来吃成熟的稻子。

多萝西坐在那里手托着下巴，若有所思地望着那个稻草人。这个稻草人做得很逼真：它的头是个装满了稻草的小袋子，袋子上面画着眼睛、鼻子和嘴，代表一张脸；头上是一顶尖顶的蓝帽子——那可能是属于某个梦赤金农夫的；身子其他部分也填满了稻草，而且穿了一套已经褪了色的蓝衣服；脚上是一双双筒旧靴子——它这通身的打扮和这个国家里的其他人一样。一根木杆插在它的身体背后，把它高举在稻田上面。

多萝西非常认真地望着稻草人那张画出来的怪里怪气的脸，忽然间，她惊奇地发现稻草人的一只眼睛慢慢地朝她眨着，好像也在看着她。她以为是自己看错了，因为堪萨斯的稻草人，没有一个是会眨眼睛的；但是现在，这个家伙却在友好地向她点头。

于是多萝西从栅栏上爬下来，向稻草人走去。这时候托托在竹竿的四周跑着，并汪汪叫着。

“你好！”稻草人说，声音显得有几分干哑。

“嗯，是你在讲话吗？”多萝西更加纳闷了。

“当然啦。”稻草人答道，“你好吗？”

“我很好，谢谢。”多萝西客气地说，“你好吗？”

“我觉得不怎么好。”稻草人微笑着说，“我的任务就是一天到晚地杵在这儿，吓唬那些乌鸦和麻雀，太没意思了！”

“那么你不能下来活动吗？”多萝西问。

“不能，这根竹竿插到我后背里了。要是您愿意帮我把这破竿子拿走的话，我就能活动了。”

“这很容易！”多萝西伸出双手把那个稻草人从竹竿上拿了下来。因为它是用稻草填的，所以相当的轻。

“非常感谢你！”稻草人被放到地上后鞠了一个躬说，“我感觉自己像一个新人了。”

眼前的这一切真是太不可思议了！居然稻草人能说话，还能鞠躬、走路！多萝西长这么大，这还是第一次碰到。

“请问你是谁？”稻草人伸伸胳膊，打了个哈欠之后问道，“这是到哪儿去？”

“我叫多萝西，”女孩儿说，“我到绿宝石城去找伟大的 OZ，去请求他把我送回堪萨斯。”

“绿宝石城在哪儿？”他问道，“那个伟大的 OZ 又是谁？”

“怎么？你不知道吗？”多萝西吃惊地反问道。

“我真的什么也不知道。”稻草人委屈地回答，“你看，我是用草填的，所以我根本没有脑子。因此你说的这些我是一点儿也不知道。”

“唉！”多萝西说，“我真替你难过。”

“你认为，”稻草人问，“如果我和你一同去绿宝石城，伟大的 OZ 会给我脑子吗？”

“这我可说不准。”她答道，“不过，如果你愿意，可以和我一起去试试看，即使 OZ 不给你脑子，你也不会比现在更糟糕。”

“这话有道理。”稻草人说。“你看，”他满怀信心地接着说，“我并不在乎我的胳膊和腿都是草填的，其实这样也挺好，因为这样我就不会受到伤害。即使有人踩了我的脚趾头或是把一根针扎进我的身子，都没关系，因为我感觉不到疼痛。不过有一点，我就是不愿意大家叫我“没脑子的傻瓜”，我的脑子里装的是草，而没有像你一样的脑子，我怎么能懂得那么多事情呢？”稻草人难过地说。

“我理解你的感受，”小姑娘说，她真替稻草人感到难过，“那么你愿意和我一起去吗？我会请求 OZ 帮你做他所能做的一切。”

“谢谢。”稻草人感激地说。

他们离开美丽的稻田，来到大路旁，多萝西帮助他跨过了栅栏，他们开始沿着黄砖路朝绿宝石城走去。

起初托托可是不喜欢多了这么个伴儿，它围着稻草人嗅来嗅去，好像怀疑那草里会有个田鼠窝，常常不友好地朝着稻草人汪汪叫。

“你不用怕它，”多萝西对自己的新朋友说，“它叫托托，从来不咬人。”

“哦，我不害怕。”稻草人说，“它伤害不了我的。让我替你拿着那只篮子吧，我不怕重，因为我不会累的。”多萝西把篮子递给他。

“我要告诉你一个秘密。”稻草人一边往前走，一边说，“在这个世界上我就怕一件事。”

“是什么？”多萝西问，“是那些制作你的梦赤金人农夫吗？”

“不是，”稻草人回答说，“是点着的柴火。”

第六章

稻草人的故事

稻草人听了乌鸦的话，决定设法弄点儿脑子。

几个小时之后，原本平坦的道路开始变得崎岖坎坷起来，行进很艰难。四周的美丽风景消失了，阳光也没有那么灿烂了。因为道路不平，稻草人常常在黄砖上摔倒。不过，这从来伤不着他。多萝西会把它扶起来，让它重新站好。稻草人也从不伤心，它有时候甚至为自己的灾难而高兴得笑起来。

到了吃午饭的时间，他们在小溪边坐了下来。多萝西掀开篮子，拿出一块面包。她拿了一些给托托，又拿了一块给稻草人，但是它没要。

“我不饿。”它说，“很幸运，我从来不觉得饿，因为我的嘴巴只是画上的。其实，只要在我的嘴那里割开一个洞，我就可以吃东西了；但填在我身上的干草就会出来，这样就会把我头部的形状破坏了。”

多萝西发现它说的没错，就点了点头，继续吃自己的面包。

“你能给我讲讲你自己吗？你生活的那个地方是什么样子的？”多萝西吃完饭后稻草人问。于是她就把有关堪萨斯的一切都告诉了它，包括那里恶劣的环境，以及龙卷风是怎样把她带到了这个奇怪的 OZ

国的。

稻草人用心地听着，然后问道："那么我就不懂了，你为什么希望离开这个美丽的国家，要回到那个既干燥又灰蒙蒙的地方呢？"

"这就是因为你没有脑子啦。"小姑娘说，"不论我们的家有多么荒凉和灰暗，我们这些有血有肉的人都宁可住在那里。因为没有什么地方能比自己的家更温暖。"

稻草人叹了口气。

"的确，我不可能理解。"他说，"如果你们的头也像我这样填满了干草，那样堪萨斯就不会有人了。你们有脑子，你们有情感，这对堪萨斯来说太幸运了。"

"趁着咱们在这儿休息，你讲个故事给我听好吗？"多萝西问。

稻草人责怪地看了看她，然后答道：

"我的生命太短了，我只是前天才被做成的。在那之前，世界上发生了什么事，我全都不知道。幸运的是，这农夫在做我的头时，第一件事是画了我的耳朵，所以这之后发生了什么我都听见了。当时另有一个梦赤金人和他在一起。我听见的第一件事就是农夫在说：

"'你觉得这双耳朵怎么样？'

"'它们有点儿歪。'另一个人答道。

"'不要紧，'农夫说，'它们反正是耳朵。这对一个稻草人来说没有什么关系。'这话一点儿不假。

"'现在我要开始画眼睛了。'农夫说完画上了我的右眼。刚一画完，我就带着极大的好奇心看着周围的一切，那是我第一次看到这个世界，那种感觉真是太美妙了。

"'这只眼睛十分好看，'正在看着农夫忙活的那个梦赤金人说，'蓝色正好是眼睛的颜色，也是我们梦赤金人的颜色。'

“‘我想我要把另一只眼睛画得稍微大一点儿。’农夫说。等到第二只眼睛画好的时候，我更高兴了，因为我比以前看得更清楚了。然后他画了我的鼻子和嘴——但是我没说话，因为那时候我不知道嘴是做什么用的。我很感兴趣地看着他们做我的身体、胳膊和腿。尤其是他们最后固定我的头的时候，我感到非常自豪，那时我认为自己和真正的人一样完美了。

“‘噢，做得很逼真，看上去就像是一个真人，足以把乌鸦和麻雀吓跑了。’农夫满意地说。然后农夫把我夹在胳膊下带到稻田里，放在一根高高的竿子上——就是你发现我的地方。

“我可不愿意这样被人遗弃。我很想跳下来跟在他们后面，但是我的脚沾不着地，只好被迫待在那根竿子上，一点办法也没有。就这样，我一个人过着很孤寂的日子。好多乌鸦和别的鸟儿飞进了稻田，一看见我就又飞走了，它们都以为我是个梦赤金人呢。我真自豪。可没高兴多久，一只老乌鸦飞近我，在仔仔细细地看了我之后就停在我的肩头，说：

“‘真是的，这是哪个农夫，竟想用这种愚蠢的方法来吓唬我！真是太小看我了，任何一个有见识的乌鸦都能看出来你只是用干草填的。’然后它又跳到我的脚边，把所有它想吃的稻粒都吃了。其他的鸟儿看到它并没有受到伤害，都飞来吃稻粒，一会儿工夫，我周围就聚集了一大群鸟儿。

“我为这个感到很伤心，因为我没有尽到我的职责，不是个合格的稻草人。但是老乌鸦安慰我说：‘要是你脑袋里有了脑子，你就能和真正的人一样完美了。对于乌鸦和人来说，脑子都是最重要的东西!’

“我琢磨了一下，乌鸦的话挺有道理的，于是我决定设法弄点儿脑子。真幸运，你来了，把我从竿子上拽下来。而且从你说的话里，我深信，咱们一到绿宝石城，伟大的 OZ 就会给我脑子。”

“我也希望 OZ 能够给你一个脑子，”多萝西真诚地说，“看得出来，你对这个脑子真是太渴望了。”

“哦，是的，我太渴望了，”稻草人答道，“明明知道自己是个傻瓜却无能为力，这种感觉可真太不舒服了。”

“好，”女孩儿说，“咱们走吧，为了你的脑子，也为了我的家。”于是她把篮子递给了稻草人。

第七章 睡在大森林里

这儿的树长得太高，太密集了，枝条在黄砖路上方紧紧地交叉到了一起。

现在走着的路两旁没有了栅栏，土地也不平整，而且没有耕种过，这里的景色和前面可真是大不一样了。临近黄昏的时候，他们来到了一大片森林前。这儿的树长得太高，太密集了，枝条在黄砖路上方紧紧地交叉到了一起。

“这条路既然能通进去，就一定会再通出来。”稻草人说，“绿宝石城一定就在路的另一头。”

“谁都明白这一点。”多萝西说。

“当然，这就是我也能明白的原因。”稻草人很委屈地应道，“如果这要求用脑子来判断，我就不行了。”

可怜的稻草人。

大约过了一个小时，天暗了下来，周围也变得更加黑暗。多萝西什么也看不见了，在黑暗中磕磕绊绊地走着；但是托托看得见，因为狗在黑暗中仍能看得很清楚；稻草人声称他能像在白天一样看得清楚，于是多萝西拉住他的胳膊，才走得稳当了点儿。

排比句。描述了三者不同的状态。

不多时，稻草人停了下来。

“我看见咱们右边有一幢用原木和树枝搭成的小房子，”他说，“看上去还不错。”

“是吗？那我们今晚就先在那里过夜吧。”多萝西说，“我都要累垮了。”

表明她心里已经开始承担了一定的责任，因为他们三个中，她是主要的，或者说是主心骨。

于是稻草人领着她穿过了茂密的树林，一直走到了那幢小房子前。多萝西走进去，发现屋子的一角有一张床，上面铺着一些树叶。她躺上去一会儿就进入了梦乡，托托在她的旁边也很快睡熟了。

等到多萝西醒来的时候，太阳已穿过树林照射进来，周围的一切又变得清晰可见了。托托早就出去追逐那些小鸟和松鼠了。多萝西坐了起来，四下里望了望。看见稻草人耐心地站在屋子的一个角落里等候着她。

“我得去找点儿水。”她对它说。

“你为什么需要水？”它问道。

“当然需要了，走了一路，满脸都是土，我得洗洗，再说吃面包的时候也得喝水呀！不喝水会扎着我的喉咙的。”

他们离开了小房子，去找水。穿过森林，走了好长一段路，终于找到了一眼水质干净的小清泉。多萝西在那儿喝了水，洗了洗，就吃起了早饭。她发现篮子里的面包剩得不多了，就庆幸稻草人一路上不吃任何东西，要不然这些面包早就没有了。

他们快没有食物了，以后将如何解决饥饿的问题呢？

情境赏析

在黑暗的大森林里，稻草人发现了一幢小房子，他们终于有了休息的地方。而在之前，多萝西虽然很累，却没抱怨一个字。这说明了她在心里已不由自主地担负起了照顾另两位的责任，表现了她的成熟和勇敢。

名家点评

本书一经出版，即获巨大成功。随后，鲍姆在读者的要求下，继续创作多萝西在OZ国的历险故事，至其去世前，一共完成了十四部，该系列图书为美国儿童的发展做出了重要贡献。

——（美）海明威

第八章

拯救白铁樵夫

大家很耐心地给白铁樵夫的关节处抹了油，他就活动自如了。

吃完早饭，一切整理好，就在他们要回到黄砖路上的时候，突然听到附近传来一阵低低的呻吟声。

多萝西觉得那声音好像是从他们的身后传过来的，就转身向树林中走了几步，仔细地寻找声音的来源。不一会儿，多萝西发现透过树林的阳光照得一个东西闪闪发光，就跑了过去，却不由得惊奇地大叫了一声。

原来，那是一个手举斧子的樵夫，旁边有一棵砍了一半的大树。那个樵夫完全由白铁做成，它的头、胳膊和腿都是接到身子上的，但是它却一动不动地站得笔直，就像它旁边的那棵大树一样不能动。

多萝西和稻草人都吃惊地望着眼前这个白铁樵夫，托托则大声叫着跑过去咬它，却伤了自己的牙齿。

“是你在哼哼吗?”多萝西望着眼前的这个怪人。

“是的，”白铁樵夫说，“是我在哼哼来着。我都哼哼一年了，以前从来没人听见我的哼哼，也从来没人帮助我。”

“那么我能为你做点儿什么呢?”多萝西柔和地问道，因为那个人忧伤的腔调把她感动了。

“你能拿点油来涂在我的关节上吗?”他答道，“你看这些关节都锈得太厉害了，它们根本都活动不了。如果能给我涂上油，我很快就会好的——油在我屋子里的架子上。”

多萝西立刻跑回小屋，在架子上找到了那罐油。然后很快跑了回来，焦急地问:“你的关节都在哪儿?”

“你先用油涂抹我的脖子吧。”白铁樵夫答道。于是她用油涂了那脖子，稻草人扶住那个白铁做的头，来回轻轻地转动着，直到它能自由地活动。

“现在用油涂抹我胳膊上的关节吧。”他说。多萝西又给他的胳膊涂上油，稻草人在旁边小心翼翼地活动着它们，直到它们完全活动自如，就和新胳膊一样。

白铁樵夫满意地舒了口气，把手中的斧子靠在树上。

“这下可真是舒服多了。”它说，“如果你能帮我把腿上的关节涂上油，我就会全都正常了。”

于是他们很耐心地又给它的腿上抹油，直到它的腿也能活动自如为止。它似乎是一个非常懂礼貌，非常知道感恩的人，不住地对多萝西他们道谢。

“要不是你们来了，我怕是要永远站在这儿啦!”它说，“是你们救了我的命。但是你们怎么会到这里来的?”

“我们要去绿宝石城去见伟大的 OZ。”她答道。

“你为什么想见 OZ?”他问道。

“我希望他把我送回堪萨斯，那里是我的家乡；而稻草人希望他给它的脑袋里装点儿脑子。”她答道。

那个白铁樵夫好像认真地考虑了一会儿，接着它说:“你觉得 OZ 会给我一颗心吗?”

“我猜可以，”多萝西答道，“只要他能实现我们两个的愿望，就一定能实现你的愿望。”

“确实不假。”白铁樵夫回应说，“不知道你们是否允许我加入你们的行列，我也想去绿宝石城，请求 OZ 帮助我实现我的愿望。”

多萝西和稻草人都很高兴他们又多了一个伙伴。白铁樵夫请多萝西把那罐油放进她的篮子。“因为，”他说，“我担心路上会下雨，如果我再生了锈，就会非常需要油罐子的。”说完白铁樵夫扛上他的斧子，跟他们一起穿过树林，一直来到那条用黄砖铺的路上。

第九章

白铁樵夫的故事

多萝西和稻草人聚精会神地听着白铁樵夫的故事，终于明白了它为什么急于得到一颗心。

重新踏上旅途后不久，他们就来到了一个地方，那里的树木和枝条长得太茂密了，挡住了这些过客的道路。挺幸运是有白铁樵夫在，他大斧子一挥，前面的树就倒下了一片，很快就为大家清出了一条路。

多萝西想事想得太专心了，在大家往前走的时候，完全没留意到稻草人被一个坑绊倒了，滚到了路旁。当然，他不得不喊多萝西再扶他站起来。

“为什么你不绕开坑走呢？”白铁樵夫问道。

“我怎么知道有坑呢？我的脑袋里装的是干草！”稻草人毫不掩饰地答道，“所以，我才要去OZ那儿，请求他给我装点儿脑子。”

“哦，我明白了，”白铁樵夫说，“不过脑子毕竟不是世上最好的东西。”

“那么你有脑子吗？”稻草人很奇怪地问道。

“没有，我的头也是空空如也。”白铁樵夫答道，“不过我从前有过脑子，也有过一颗心；在试过两样之后，我觉得我更愿意要一颗心。”

“为什么这样说呢?”稻草人问。

“我会告诉你们我的故事，那样你们就明白了。”

于是在他们穿过树林的时候，白铁樵夫讲述了下面的故事:

“我是一个樵夫的儿子，父亲靠在树林里砍伐树木和卖木材维持生活。我长大成人后，继承父业，也成了一个樵夫。后来父亲去世了，我一直照顾着母亲，直到她去世，最后只剩下孤零零的我。一个人的生活是孤单的，我害怕孤单，所以我决定找个姑娘结婚。

“后来我果真爱上了一个梦赤金姑娘，她长得美极了，我们也真心相爱。她答应我，等我挣够了钱为她建造一幢好点儿的房子，就和我结婚。于是我比以往更努力地干活。但是那个姑娘和一个老太婆住在一起，那个老太婆太懒惰了，她不希望姑娘嫁给任何人，因为她需要那个姑娘给她烧饭和做家务活儿。因此，老太婆到了东方邪恶女巫那儿，请求她阻止这桩婚事，并答应事成之后给东方女巫两只羊和一头牛。为此，女巫给我的斧子施了魔法——因为我急于尽快地得到新房子和妻子，每天我都拼命地砍伐。一天正在我干活的时候，突然那斧子脱落了，砍掉了我的左腿。

“这真是太不幸了，作为一名樵夫，一条腿是不可能干好活儿的。于是我到了一个白铁匠那儿，让他用白铁给我做了一条腿，不久我就习惯了那条腿，而且感觉挺好用的。但是东方邪恶女巫对我的行为感到很懊恼，因为她答应过那个老太婆，让我娶不成那个美丽的梦赤金姑娘。当我再砍树的时候，斧子又脱落了，这次斧子砍掉了我的右腿。我又去找那个白铁匠，他又给我用白铁做了一条腿。可这事儿并没有完，那可恶的斧子又一只接一只地砍掉了我的胳膊;但是这对我来说已经没什么可怕的，我又换上了白铁胳膊。后来，那个恶女巫又让斧子落下来，砍掉了我的头。开始我以为这是我的末日了，但是白铁匠又用白铁给我做了一个新的头。

“我原本以为我已经战胜了邪恶女巫的摧残，于是比以往更努力地干活，但是我不知道我的敌人会那么残酷。在一次又一次的失败之后，她想出了一个很绝的招儿，以彻底扼杀我对那位美丽梦赤金少女的爱——她让我的斧子落下来，那斧子正好砍穿了我的身体，把它劈成了两半。不过那位白铁匠又一次来帮我，他用白铁给我做了一个身子，把我的头、胳膊和腿及身子牢固地铆合在一起，于是我和过去一样可以活动了。但是，天啊！现在我却没有心了，所以我失去了对梦赤金姑娘所有的爱，而且也不在乎和她结不结婚了。我猜想，她一定还和那个老太婆生活在一起，并且等待着我去找她。

“换成白铁的身体后，阳光一照，我的全身都闪烁着光芒，为此我也感到骄傲。现在斧子脱不脱落都无所谓了，因为它砍不伤我。只有一种危险，就是我的关节会生锈，但是好在我在小房子里存了一罐油。每当需要的时候，我就给自己涂点儿油。可是，有一天我忘了涂油，正遇上暴风雨，把我从上到下都淋湿了，没等我来得及想，关节就都锈住了。我就一手举着斧头站在那儿，并且留在了树林中，直到你们来帮助我。

“那可是一段很可怕的经历，不过在我站在那儿的一年里，有了时间去思考，也明白了我最大的损失是失去了我的心。在恋爱的时候，我是世界上最幸福的人，因为我们俩真心相爱；但没有人会爱上一个没有心的人，于是我决心请求 OZ 给我一颗心。如果他给了，我将回到那个梦赤金少女那儿和她结婚。”

多萝西和稻草人聚精会神地听着白铁樵夫的故事，他们终于明白了它为什么急于得到一颗心。

“都一样，”稻草人说，“我请求要脑子，而不是心，因为一个傻瓜就是有一颗心，也不会懂得用它做什么。”

“我要一颗心，”白铁樵夫争辩说，“因为脑子并不能让一个人幸福，而幸福是世界上最美好的事。”

多萝西什么都没说，因为她也说不清楚谁的想法更正确。而且她肯定，只要能让她回到堪萨斯伊姆婶婶那儿，不管是樵夫没有脑子，还是稻草人没有心，或者他们俩都能得到所需要的，全都不那么重要了。

现在最使多萝西担心的是面包差不多没了，她和托托再吃一顿饭，篮子就空了。这对樵夫和稻草人而言都没有什么威胁，因为他们都是不用吃任何东西的；但是她既不是白铁也不是干草，除非有吃的，不然就没法儿活了。

第十章 一只胆小的狮子

"那么，如果你们不介意的话，我想和你们一起去，"狮子说，"因为没有一点儿胆量，我的生活简直惨不忍睹。"

多萝西和她的伙伴们继续在树林中穿行。树林中的道路仍然是用黄色的砖铺成的，但是这些砖被许多干树枝和枯树叶给覆盖住了，路一点儿也不好走。这片林子太密了，基本上没有什么鸟，鸟儿喜欢开阔的地方，那里阳光充足；但是，树林深处会不时地传来躲藏着的某种野兽的一声低沉的号叫。那些声音很恐怖，吓得这个小姑娘心脏怦怦地跳，因为她不知道那是什么声音；但是托托知道，它紧挨着多萝西走着，吓得甚至都不敢叫一声。

"咱们还要多久才能走出树林啊？"多萝西向白铁樵夫打听。

白铁樵夫回答："我也不是很清楚，因为我从来没去过绿宝石城。不过在我小的时候，我父亲去过那儿一次。他当时告诉我说，那是一次穿过一片危险国土的长途跋涉，虽说离 OZ 居住的那座城市不远，但是那片国土却非常美丽。不过，我只要有油罐子，就没有什么好害怕的；再说稻草人也无须害怕什么，反正没有什么东西可以伤害他的；而你的额头上有善良女巫亲吻过的印记，这也会保护你不受伤害。"

"但是托托呢？"小姑娘担心地说，"什么能保护它呀！"

“咱们必须自己保护它。”白铁樵夫回答说。

就在说话的当口儿，树林里传来一声吓人的吼叫，跟着一只巨大的狮子蹿到了道路中央。它大爪子一挥，就把稻草人打得转了几圈，最后倒在路边。然后它又用那只爪子打倒了白铁樵夫，但是让它大吃一惊的是，尽管樵夫躺在路上一动不动了，可并没受伤。

托托这次却很勇敢，面对着这么一个庞大的敌人，仍然汪汪叫着跑了过去。那巨大的野兽已经张开大嘴，准备咬那只小狗。多萝西唯恐托托被咬死，顾不得害怕立即冲过去，拼命地照着狮子的鼻子就是一巴掌，然后大声喊着：

“你敢咬托托！你也不为自己的行为害羞，像你这么大个的野兽竟去咬一只可怜的小狗！”

“我没有咬它。”狮子一边说，一边用爪子蹭了蹭被多萝西打过的鼻子。

“是还没咬，可是你正准备要咬，”她反驳道，“你只不过是一个大懦夫。”

“我知道，”狮子说，羞愧地耷拉着脑袋，“我一向明白这一点。可我有什么办法呢？”

“我也不知道。但是你却打倒了填满干草的稻草人！”

“它是用草填的？”狮子一边吃惊地问，一边望着多萝西扶起稻草人，让他站好，并且把它拍打成原来的形状。

“它当然是用草填的，你自己看看吧。”多萝西答道，仍然在生气。

“怪不得我轻轻一打它就滚了过去，”狮子说，“我看见它那么转呀转的，真让我大吃一惊。另一个呢？它也是用草填的吗？”

“不是，”多萝西说，“它是用白铁做的。”她又帮助樵夫站立起来。

“难怪他差点儿把我的爪子弄钝了。”狮子说，“我的爪子去抓那个白铁人的时候，一阵寒战从我的背上直蹿了下去。这小动物是谁？”

“它是我的小狗托托。”多萝西说。

“那么它是用白铁做的还是用草填的？”狮子问道。

“都不是。它是条——哦——哦——肉狗，就是用肉长成的。”女孩儿一时不知道该怎么解释了。

“哦，它是一只古怪的动物，我还从没见过这样一个东西，我这会儿看着它，觉得它格外的小。也许除了我这么个胆小鬼，没人会去咬这个小东西。”狮子接着伤心地说。

“胆小鬼？是什么使你成了一个胆小鬼？”多萝西一边问，一边纳闷地望着这头巨大的野兽，因为他看上去可是和一匹小马一样大。

“这是个秘密，”狮子说，“我想我生下来就如此。森林中的一切野兽，都以为我是勇敢的，因为不论在任何地方，狮子都被称作兽中之王。如果我大声吼叫，一切生灵都会害怕，并且要躲开我。可不论什么时候，只要遇到人我就吓坏了；不过我只要对着他一吼，他就会拼命飞快地跑掉。如果大象、老虎和狗熊想跟我打斗，我自己就会逃跑——我就是这样一个胆小鬼；但是它们只要一听见我吼叫，就都设法躲开我，当然，我也放它们走。”

“兽中之王可不该是个胆小鬼。”稻草人说。

“这我明白，”狮子应道，并用自己的尾巴梢擦去了眼里的一滴泪水，“这是我最大的悲哀，所以，我很不快乐。一旦有危险的时候，我的心就开始跳得快起来。”

“或许你有心脏病。”白铁樵夫说。

“或许是吧。”狮子说。

“如果你有心脏病，你应该高兴，”白铁樵夫继续说，“因为这证明你有一颗心。我就没有心脏病，因为我没有心。”

“或许，”狮子若有所思地说，“如果我没有心，我就不会是个胆小鬼了。”

“你有脑子吗？”稻草人问。

“我想是有的。我从来没留意过。”狮子答道。

“我要到伟大的OZ那儿去请求他给我装点儿脑子，”稻草人说，“因为我的脑袋里被填满了干草。”

“我去求他给我一颗心。”白铁樵夫说。

“我要去请求他把我和托托送回堪萨斯。”多萝西紧接着说了一句。

“那么你们认为他能给我勇气吗？”胆小的狮子问。

“就像他能给我脑子一样容易。”稻草人说。

“就像给我一颗心一样容易。”白铁樵夫说。

“就像送我回堪萨斯一样容易。”多萝西说。

“那么，如果你们不介意的话，我想和你们一起去，”狮子说，“因为没有一点儿胆量，我的生活简直惨不忍睹。”

“我们当然欢迎你的加入。”多萝西说，“因为你会帮助我们赶走其他的野兽。其实我觉得，如果它们这么容易就被你吓跑了，只能证明它们一定比你更胆小。”

于是多萝西和他的伙伴们又一次出发上路了，那只胆小的狮子迈着雄健的步子走在多萝西旁边。托托一开始可不是很喜欢这个新伙伴，因为它还对刚才自己差点儿丧命在狮子的爪子下心有余悸；但是过一会儿它就放心多了，不久还和胆小的狮子成了好朋友。

这一天余下的时间里，他们过得很平安，再也没有其他什么危险的经历。有一次，白铁樵夫不小心踩到了一只正从路上爬过的甲壳虫，把那可怜的小东西弄死了。这件事使白铁樵夫很难过，因为他一直很小心，不去伤害任何生灵。它一边走一边抹去几滴伤心懊悔的眼泪。这些眼泪顺着它的脸慢慢地滚下，流到连接他嘴巴的铰链上，就在那儿锈住了。恰巧多萝西问了它一个问题，可它张不开嘴，上下颚紧紧地锈在了一起。这可把它给吓坏了，它拼命地向多萝西做手势，让她救救它，但是多萝西没能明白。那头狮子也弄不明白什么地方不对劲儿。只有稻草人从多萝西的篮子里抓起油罐子，给白铁樵夫的下巴涂上油，这样过了几分钟，他就能和以前一样自由说话了。

“这倒是又给我上了一课，”它说，“我以后走路可得小心，一定要注意在什么地方落脚。因为如果我再踩死一只昆虫或是甲壳虫，我肯定又要哭，而哭又会使我的下巴生锈，我就又不能说话了。”

的确，自打有了这一次经历之后，它走路非常小心，很细心地看着地上。当它看见一只小蚂蚁艰难地爬过时，它就跨过它，生怕有什么闪失，又伤害了哪个小生命。白铁樵夫非常明白自己没有心，所以它要格外地当心，什么时候都不能对任何东西残忍或不怀好意。

“你们这些有心的人，会有引导你们的东西，”它对着它的伙伴说，“你们永远不会做错事；可是我没有心，所以我一定得特别小心。等到 OZ 给了我一颗心，我就不需要操这么多心了。”

第十一章

有火堆的夜晚

稻草人并不在乎装满一篮子坚果花去多少时间，因为这样可以使它远离火堆。

走着走着，天黑了。他们把周围找了个遍，也没有发现一间可以过夜的房子，于是他们不得不在树林中的一棵大树下露宿。那棵树很大很茂盛，密密的叶子形成了一个厚厚的屋顶，让他们淋不到露水。白铁樵夫用斧子砍了一大堆木柴，多萝西用这些木柴生了一堆旺旺的火，暖着她的身体，也使她感到不那么孤独。晚上，她和托托吃完了最后一点儿面包，就开始发愁明天的早饭该怎么解决。

“如果你同意，我倒是可以到树林里去给你杀一头鹿来。”狮子说，“既然你喜欢吃这种弄熟了的东西，到时候你可以把那只鹿烤熟，这样你就会有一顿丰盛的早餐了。”

“噢，别！千万别那样做。”白铁樵夫请求道，“如果你杀死一头鹿，我肯定会哭的，那我的下巴又会锈住了。”

狮子到树林中去找他自己的晚饭了。当然没人知道那晚饭是什么。稻草人可不喜欢这火堆，于是在附近转来转去。突然他发现了一棵长满了坚果的树，它觉得这些东西一定符合多萝西的胃口，于是就用坚果把多萝西的篮子装满了，这样使得她好长时间就不会挨饿。多萝西觉得稻草人的心眼儿真是太好了，真会体贴人，稻草人笨手笨脚地摘坚果的样子使得她开心地大笑起来。稻草人一双用草填的手很不灵活，那些坚果又那么小，放进篮子里的几乎和掉在外面的一样多。不过稻草人并不在乎装满一篮子坚果花去多少时间，因为这样可以使它远离火堆。那些四溅的火星对它来说可是莫大的威胁，所以它和火苗保持着一定的距离，只是在多萝西躺下睡觉的时候它才走过去用干树叶给她盖上。这让多萝西感到非常舒服和温暖，于是多萝西一觉睡到了清晨。

天亮了，多萝西找到了一条小溪，她在那里洗了脸，吃了早餐，不久他们就又朝着绿宝石城进发了。

第十二章 遭遇卡利达

他们正要过桥，却听到一声尖嚎，身后，两只巨大的野兽正向他们跑来。

这一天对这几位旅行者来说可过得不怎么顺利。他们来到了一片非常茂密的树林中，比原来那个树林还要茂密很多，整个一片都黑糊糊的，很阴暗。看着密密的树林，人人都在默默地琢磨着，他们能不能走到树林的尽头，重回到灿烂的阳光之下。不久，他们听到树林深处有些奇怪的声音，这加深了他们的不安感。狮子悄悄地提醒他们说，这是到了卡利达们生活的地盘了。

充分证明了这真是一只胆小的狮子。

“什么是卡利达？”多萝西问。

“一种长着熊身子老虎头的怪物，”狮子答道，“爪子特别长，而且非常尖。它们很大很有力，它们就和我能咬死托托一样，能轻而易举地把我撕成两半。我特别害怕卡利达。”

“说你害怕，我一点儿也不奇怪，”多萝西回了一句，“不过它们一定是可怕的野兽。”

狮子正要搭话，他们突然发现前面横着一条壕沟。

这条壕沟很宽、很深，于是他们就坐下来讨论他们该怎么办。在经过认真地考虑之后，稻草人说：

“你们看，那儿有一棵巨大的树，就在壕沟旁边。如果白铁樵夫能把它砍倒，让它倒向沟的另一侧，就好像给壕沟搭了座桥，我们就很容易走过去了。”

“绝顶的好主意。”狮子说，“我们都要怀疑你的头里面是脑子，而不是稻草了。”

是啊，读者也很奇怪！

樵夫立刻开始砍树，他的斧子那样锋利，树很快就被砍断了。接着狮子用他那强健的前腿使劲儿去推树干，那棵大树开始缓慢地倾斜，只听见轰隆一声，树横倒在沟上，顶端的枝杈搭在了沟的另一边。一座奇妙的桥顿时出现在他们的眼前。刚要从这奇妙的桥上走过，一声尖嚎使他们停了下来。他们惊恐地看到，在身后有两只身子像狗熊、头像老虎的巨大野兽正向他们跑来。

“它们就是卡利达！”胆小的狮子说，并且开始发起抖来。

“快！”稻草人喊道，“咱们快过桥。”于是多萝西抱着托托第一个过去了，白铁樵夫紧跟其后，下一个走过去的是稻草人。狮子尽管害怕，但在这危急关头还是转身面对着卡利达们发出一声吼叫，声音那么大，那么吓人。多萝西听到了，吓得尖叫起来，稻草人仰面摔倒在地，就连那两头凶猛的怪兽也突然站住了，吃惊地望着狮子。

稻草人不光“有脑子”，而且勇敢、果断，可是，这还是稻草人吗？

不过，一想到它们是两个，而狮子只是一个，何况它们的个头又比狮子大，卡利达们突然又冲了过来。狮子过了树桥，转过身去看卡利达。那两头野兽一刻没停，也从树上走了过来。

狮子虽然胆小，但为了保护伙伴们，它还是要"拼死一搏"。

狮子对多萝西说："这下咱们完了，因为它们肯定会用那锋利的爪子把我们撕碎。不过，紧紧站在我身后吧，我会和它们拼死一搏。"

稻草人怎么会变得这么聪明了？

"等一等！"稻草人说。稻草人一直在想办法。这时它要求樵夫把搭在沟这一边的树枝砍断。樵夫立刻拿斧子砍了起来，当那两只卡利达快走过来的时候，只听见树桥轰的一声，带着那两只丑陋、号叫着的野兽，一起落入深渊，它们俩在沟底锋利的岩石上摔得粉身碎骨。

"好了，"胆小的狮子长长吁了一口气说，"安全了，那两个家伙可把我吓坏了，我的心现在还怦怦直跳呢。"

没有"心"的家伙却总是伤心、难过。

"唉，"白铁樵夫伤心地说，"我真希望我也有一颗跳动的心。"

这场经历使得这几个旅行者比原来更急着要走出这片树林了。他们加快了步伐，见多萝西实在是走累了，狮子就让她骑到自己的背上。令他们高兴的是，越往前走树木越稀疏了。到了下午，他们来到了一条宽阔的河边，河水湍急地从他们面前流过，在阳光的照耀下，这河水泛起点点金光。他们看见，河的对岸，那条黄砖路穿过一片美丽的土地，绿茵茵的草地上点缀着鲜艳的花朵，路的两边是挂满了果实的树木。看到前面这片可爱的土地，他们真是喜出望外。

"但问题是咱们怎么过这条河呀？"多萝西问。

“这容易，”稻草人说，“樵夫只须给咱们造一只木筏，咱们就能漂过去了。”

“没脑子”的聪明的稻草人！

于是樵夫拿出了斧子，着手砍下一棵棵小树，准备做成一只木筏子。在樵夫忙着干活的时候，稻草人发现河边有一棵长满果子的树，就马上告诉了多萝西。这可让多萝西高兴极了，一天来除了坚果她什么东西都没吃到。她用熟透的水果做了一顿丰盛的晚餐。

不过，即使像白铁樵夫这样勤奋和不知累的人，做木筏子还是费了不少时间。夜幕降临了，活儿还没干完。于是大家就在树下找了一个舒适的地方，一觉睡到了天明。多萝西睡得很香：梦见了绿宝石城，梦见了不久就会把她送回家去的好心的男巫 OZ。

多萝西一直深深思念着家乡。

情境赏析

在这一章发生的一系列故事中，有几位的表现似乎有些反常。胆小的狮子在关键时刻能一声大吼吓住卡利达们，这个倒是好理解：因为狮子为了保护同伴，而置自身安危于不顾。而“没脑子”的稻草人总能做出惊人之举，遇到困难时几个好主意都是它出的；没有心的白铁樵夫却总是会伤心落泪、难过。这是怎么回事呢？

第十三章

杆子一下子就扎到了河底，没等稻草人把杆子拽出来，木筏子就飞快地过去了，可怜的稻草人只能抱着杆子留在了河中央。

由于前一天所见的美景，这个小集体的每一个成员在第二天早上醒来时，都是精力充沛的，因为每个人心中都充满了希望。这一路走来，尽管经历了许多挫折，但毕竟他们平安地穿过了黑糊糊的树林，并把阴暗留在了身后；前方是一片洒满阳光的可爱的土地，似乎正在呼唤他们前往那座绿宝石城。

排比句。分别描述了伙伴们在木筏上各自的状态。

木筏终于做好了，大家欢呼起来。多萝西怀里抱着托托，坐在筏子中央；胆小的狮子站在木筏的一边，因为它又大又重，当它踏上木筏子的时候，筏子倾斜得非常厉害；稻草人和白铁樵夫站在筏子的另一边，手里拿着长长的杆子，往前划动着筏子。

一开始走得非常顺利，不一会儿就到了河中央，但因为这里的水太急，冲得筏子顺流而下，离黄砖路越来越远；随着河水越来越深，长杆已经够不到底了。

“这可糟了，”白铁樵夫说，“要是我们到不了陆地上，我们也许就会被带到西方邪恶女巫的国度，她就会施魔法，使我们成为她的奴隶。”

“那样我就得不到脑子了！”稻草人说。

“我也就得不到胆量了！”胆小的狮子说。

“我就永远回不到堪萨斯啦！”多萝西说。

大家都很焦急。

“不能这样，我们一定要到绿宝石城去。”稻草人接着说，一面使劲儿撑他的长杆。不料杆子一下扎到了河底，不容它把杆子拽出来，木筏子就飞快地游走了，可怜的稻草人抱着杆子被留在了河中央。

“再见啦！”稻草人在后面朝着它的同伴们喊，而同伴们很快就走远了，稻草人非常难过，大家也只是眼睁睁地看着稻草人留在那儿，一点儿办法都没有；白铁樵夫还哭了起来。他记起来自己可能会锈住，于是在多萝西的罩裙上擦干了眼泪。

难道大家真的和稻草人就这么分别了吗？

稻草人在河中央的情况十分狼狈。

“我这会儿比刚遇到多萝西的时候还要糟糕。”待在河中央的稻草人觉得，自己真是不幸到了极点。他想：“当我被固定在稻田里的竹竿上时，不管怎么说，还能吓吓乌鸦，保护稻田；但是一个稻草人在河中央，固定在杆子上，能有什么用处？我怕是永远也不会有脑子了！”

心理状态的描写，表现了稻草人难过的心情。

木筏子顺着小河往下越漂越远，可怜的稻草人被远远地甩在了后面。狮子说：“我们一定要想点儿什么办法来。我想我能从前面拉筏子，游到岸边，你们只要紧紧地抓住我的尾巴尖就行了。”

于是狮子跳进河里，白铁樵夫紧紧地抓住了它的尾巴，狮子使出了全身力气朝岸边游去。虽说狮子个子挺

大家互相帮助，脱离了险境。

大，但这毕竟是件苦差事，而且水太急了；不过，渐渐地狮子把筏子拽出了急流，然后多萝西拿过樵夫的杆子，帮着把木筏往岸边划。

最后到达岸边的时候，他们一个个都累得筋疲力尽，坐在草地上一动不动；看来，河流带着他们离通往绿宝石城的那条黄砖路好远好远了。

“现在咱们怎么办？”白铁樵夫问。狮子躺在草地上正在试图晒干自己。

“咱们必须想办法回到那条路上。”多萝西说。

“唯一的办法就是沿着河岸走，直到再回到那条路上。”狮子说道。

等休息得差不多了，多萝西拿起自己的篮子，大家向着黄砖路出发了，顺着长满青草的河岸，逆着那条河流往上游走去。

形容行进得非常迅速。

大家马不停蹄地向前行进，过了一会儿，白铁樵夫喊了起来：“你们快看啊！”

他们全都朝河里望去，看见了水中央那个孤单而悲伤的稻草人，它一个人静静地待在木杆上，很是可怜。这时有一只鹳飞了过来，那只鸟儿看见了他们就停下来在河边休息。

鹳(guàn)：鸟，羽毛灰白或黑色，嘴长而直，形似白鹤，生活在水边，捕食鱼虾等。

“你们是谁？往哪儿去？”鹳问道。

“我是多萝西，”女孩儿答道，“这几位是我的朋友：白铁樵夫和胆小的狮子，我们要去往绿宝石城。”

“不是这条路。”鹳说，她弯了弯自己的长脖子，仔细地端详了一番这几个奇怪的家伙。

“我知道，”多萝西应道，“但是我们把稻草人丢下了，他被困在河中央了，我们正在想怎样才能把它救上来。”

不放弃任何一个伙伴。

“他在哪儿呢？”鹳问。

“就在那儿，在河里。”

“要是它个子不怎么大，看起来不怎么重，我就会把它给你们弄过来。”鹳看了看稻草人说。

“它一点儿也不重，”多萝西赶忙说，“因为它是用稻草填的；如果你把它给我们带来，那我们真是感激不尽了。”

“好吧，我去试试，”鹳说，“但是，如果我发现它太重的话，我可只好再把它扔在河里啦。”

遇到了热心助人的鹳。

于是那只大鸟儿飞到了河流的上空，一直来到稻草人待的那根杆子旁。用它的巨爪抓起稻草人的胳膊，把它带向天空，回到了岸上，放到了多萝西、狮子和白铁樵夫及托托坐的地方。

稻草人又回到朋友们中间的时候，高兴得和大家拥抱起来。

“我还以为我会永远留在河里呢，”它说，“好心的鹳救了我。只要我得到脑子，我一定要再找到它，做点好事报答它。”

知恩图报。谁说稻草人没脑子？

“这倒不必了，我向来爱帮助所有遇到麻烦的人。”在它身边飞着的鹳说，“但是我现在必须走了，因为我的孩子们还在窝里等着我呢。希望你们找到绿宝石城，也希望OZ会帮助你们。祝你们好运！”

“谢谢你。”多萝西由衷地说。然后好心的鹳飞向了天空，不久就从他们的视线里消失了。

情境赏析

大家乘木筏过河的过程中，因为水流湍急，稻草人被留在了河中央，木筏上的其他伙伴也被冲到了下游。多亏一只好鹳的帮助，所有朋友才重新聚到了一起。过河的过程中各位伙伴互相友爱、共渡难关，稻草人被留在水中央，大家一起想办法救它，表现了大家团结一致、不丢下一个伙伴的情谊。

名家点评

就算这样一部经典童话，一路看下来都忍不住同主人公多萝西一同掉眼泪，特别是她最后反复念道："没有地方像家一样好……"

——茅盾

第十四章 昏迷在美丽的罂粟地

这些花对于这头巨大的野兽来说也太厉害了，最终狮子顶不住，在离罂粟花丛尽头不远的地方倒下了。

他们继续朝前行进，一路上美丽的鸟儿在他们上空歌唱，各种各样的花朵在草地上争奇斗艳，它们如此茂密，地面就像铺上了一层花的绒毯。那些大朵的花，有黄色的、白色的、蓝色的和紫色的，但最为醒目的还是一簇簇猩红的罂粟花，这些罂粟花的颜色太鲜亮了，简直晃得多萝西睁不开眼睛。多萝西跑到这些花前面，有些舍不得走了。

“你们不觉得它们很漂亮吗？”多萝西问道，一边深深地呼吸着这些花朵的芳香。

“我觉得很漂亮。”稻草人说，“等我有了脑子，我大概会更喜欢它们。”

“要是我有一颗心就好了，我会爱它们的。”白铁樵夫接着说。

“我一向特别爱花，”狮子说，“它们看上去那么无依无靠，那么柔弱。不过，树林里可没有这么鲜艳的花。”

越往前走，大红罂粟就越多，而其他的花则越来越少了；不久他们发现自己来到了一大片罂粟地里。不少人都知道，在罂粟花很多的地方，花浓郁的香味会让任何吸进花香的人很快入睡，如果不离开这些香气，人就会永远地睡下去。多萝西不明白这一点，这种鲜艳的花，让她万分惊喜。她不停地吸着这些花儿的香气，很快她的眼皮就发沉了，让她觉得自己必须坐下来休息和睡觉了。

白铁樵夫不让她这么做，因为它知道多萝西一旦睡过去就很难醒来。

“咱们得在天黑之前赶回到黄砖路上。”白铁樵夫说，稻草人也同意它的意见。于是它们鼓励着多萝西继续往前走，直到多萝西再也站不住了。她的眼睛不由自主地闭上了，她觉得自己的脑袋里一片空白，忘记了现在是什么时候，也忘记了自己在哪儿。她倒在罂粟花之间，很快就睡着了。

“咱们怎么办？”白铁樵夫问。

“如果咱们把她留在这儿，她会死的。”狮子说，“这些花的香味正在杀死我们。我自己都快睁不开眼了，那条狗也睡着了。我们必须尽快离开这儿。”

这话不假，托托已经倒在了它的小主人身旁，和她一同进入了梦乡。稻草人和白铁樵夫因为不是血肉之躯，没受这些花的香味的困扰。

“快跑，”稻草人对狮子说，“尽快跑出这片要命的花丛。我们要把小姑娘抬走，但是你要是睡着了，我们可抬不动，因为你的块头太大了。”

狮子听了站起身来，拼命向前跑去，不一会儿就没了踪影。

“咱们用手搭成一把椅子，然后抬上她。”稻草人说。于是它们把托托放到多萝西的大腿上，然后用它们的手当椅子，用胳膊当扶手，把睡着的小姑娘抬在上面，穿行在花丛中。

它们走啊，走啊，却发现怎么也走不出这片罂粟地，好像它们周围这些要命的花朵组成的大地毯永远没个尽头似的。它们沿着弯曲的河流往前走，发现前面有个熟悉的身影，那正是它们的好朋友狮子，它也躺在罂粟花间睡熟了。这些花对这头巨大的野兽来说太厉害了，最终它也顶不住，在离罂粟花丛尽头不远的地方倒下了。不远处，那片美丽的绿色原野上芳香的青草就展现在它们面前。

白铁樵夫和稻草人使出了全身的劲儿也没有把狮子抬起来。“我们帮不了它，”白铁樵夫伤心地说，“因为它太重了，抬不起来。咱们得把它留在这儿让它永远睡下去了，或许它会梦见自己终于找到了勇气。”

“我真难过，”稻草人说，“它虽然太胆小，可也是个非常好的伙伴。要是没有它，咱们可到不了这里，不过咱们也没办法了，还是走吧。”

它们把那个睡着的小姑娘和她的狗抬到了河边一块干净的地方，远远地离开了罂粟地，以防她再吸进更多花的毒素。她被轻轻地放到了柔软的草地上，它们等待着清凉的微风把她吹醒。

第十五章

遇见田鼠女王

多萝西庄重地点了点头，田鼠女王则行了个屈膝礼，很快她们就成了一对好朋友。

“我想咱们现在离那条黄砖路不会太远了，因为咱们差不多到了刚才河水把咱们冲走的地方。”稻草人说，它正站在小姑娘的身旁，她还没有醒过来。

白铁樵夫正要回答，这时他听到了一声低沉的吼叫，就转过头来（它的头现在完全可以在铰链上活动自如了），看见一只野猫一跳一蹿地穿过草地朝它们跑了过来。樵夫想，它一定是在追什么东西，因为它的两只耳朵紧紧地贴着头；它的嘴张得大大的，露出了两颗难看的牙齿；它的红眼睛像两个火球在发亮，一副让人觉得恐怖的面孔。等它离近了的时候，白铁樵夫才看见这只野兽前面跑着一只灰色的小田鼠。那个小东西拼命地跑着，仓皇逃命。尽管樵夫没有心，可他明白，那只野猫想要杀死这么一只美丽、不伤害人的小家伙是错误的，它决定要救救这个小生命。

于是樵夫举起了它的斧子，当那只野猫从他身旁跑过时，他迅速地向下砍去。瞬间野猫被砍成两截，滚到樵夫的脚下。

这时，那只摆脱了自己敌人的小田鼠终于可以停下来了，它慢慢地走到樵夫的面前，鞠了一躬，小声地吱吱叫着说：

“啊，谢谢你啊大恩人！对你的救命之恩不胜感激。”

“千万不要这么说，”樵夫说，“要知道我没有心，所以只能努力地去帮助别人，哪怕仅仅是一只田鼠。”

“只是一只田鼠！”那只小动物听了这句话生气地叫起来，“什么话，我可是一位女王——是所有田鼠的女王！”

“哦，女王？真是不好意思，不过我实在是不知道。”樵夫说着鞠了一躬。

“所以说，救了我的性命，你是完成了一项伟大的功绩，而且是一项英勇的功绩。”女王又说。

就在这时，只见远处有好几只田鼠甩着它们的小腿飞快地跑了过来，当它们看见女王的时候都惊呼起来：

“哦，陛下，真是谢天谢地，您还活着。我们都以为您被杀死了呢！您是怎么逃过那只凶悍的大野猫的？”它们全部向小女王鞠躬，腰弯得那么低，都差点儿倒立了。

“是这位古怪的白铁樵夫杀死了野猫，救了我的性命。所以今后你们必须为它效劳，不管他有什么要求，哪怕再小也要满足。”她说。

“遵命，女王陛下！”突然全体田鼠齐声尖叫着。然后它们向四面八方跑去，原来托托已经睡醒。它一睁开眼睛看见有这么多田鼠全都围在自己的身边，非常高兴，于是就很大声地叫了一下，并且蹿到了田鼠中间。住在堪萨斯的时候，托托就喜欢追逐田鼠，它觉得追赶这些小东西很有意思，而且它也看不出这有什么不好。

白铁樵夫立刻弯腰把小狗抱在了怀里，紧紧搂住了它，并且对着那些四处躲藏的田鼠们喊：“回来！回来！托托不会伤害你们的。”

听到这话，田鼠女王从草丛中探出头来，怯生生地问道：

“你肯定它不会咬我们吗？”

“我不会让它咬的，”樵夫说，“你们不用害怕。”

田鼠们一只接一只小心翼翼地走了回来。托托也不再吠叫了，但是它拼命地想挣脱樵夫的胳膊，它可不愿意老是被人抱着。若不是它知道它是用白铁做的，早就咬他了。

末了，田鼠中最大的一只说话了："你拯救了我们女王的性命，我们能为你做些什么呢？"

"这我倒想不出来。"樵夫回答说。稻草人使劲儿想了半天，可是因为头里面填的是稻草，也想不出什么，突然它想起了什么，回答说：

"哦，有一件事你们可以帮我。你们可以救救我们的朋友，那头胆小的狮子。它被花香给熏晕了，现在正在罂粟地里睡觉呢。"

"一头狮子！"女王喊道，"哟，它会把我们全都给吃了的。"

"哦，不会，"稻草人说，"这头狮子是个胆小鬼。"

"真的？"那只田鼠问。

"它自己这么说的，"稻草人说，"而且它和我们待在一起很久了，从来没有伤害过我们任何一个朋友。如果你们能帮助我们救了它，我保证，它会对你们大家友好相待的。"

"好吧，"女王说，"我们愿意相信你。但是我们怎么做呢？"

"你手底下的田鼠有多少呢？它们都愿意服从你吗？"

"噢，当然，有好几千呢。"她答道。

"那就叫它们全都尽快到这儿来，让每只田鼠都带一条长绳子。"

女王转向那些田鼠，让它们立刻召集来她所有的臣民。这些田鼠一听到她的命令，马上拼命地朝四面八方跑去。

"现在你到河边那些树那儿，把树做成一辆能载狮子的车子。"稻草人对白铁樵夫说。

于是樵夫立刻走到树前，挥起它的斧头开始干活儿。不多时，他砍倒了几棵大树，用它们的树干做成了一辆车子，它用木钉把车子钉结实了，又用一棵大树干的几小段木头做成四个车轮。它的活儿干得太快太好了，等所有的田鼠到来的时候，车子已经造好了。

就在这个时候，多萝西终于从她那长久的睡眠中醒过来，睁开了眼睛。她吃惊地发现自己躺在草地上，而她的周围有几千只田鼠，它们都站在她的四周，胆怯地望着她。见她一脸的纳闷，稻草人把一切都告诉了她，又转过身子对着那只威严的小田鼠说：

“请允许我向你介绍女王陛下。”

多萝西庄重地点了点头，田鼠女王则行了个屈膝礼，之后她就和小姑娘像朋友一样了。

稻草人和樵夫这时开始把田鼠们带来的绳子全部都系到车上，绳子的另一头绕在每只田鼠的脖子上。当然那辆车比任何一只要去拉它的田鼠都要大上一千倍；但是所有的田鼠都套上绳子之后，这辆车很快就能被拖动了，甚至稻草人和白铁樵夫都能坐上去。这些奇怪的“小马”很快地把车拉到了狮子躺倒睡着的地方。

但是狮子实在是太重了，它们费了九牛二虎之力，才设法把它抬上了车。接着女王命令她的臣民赶紧出发，因为她担心，如果那些田鼠在罂粟地里待的时间太长了，它们同样也会睡着的。不久它们把狮子拉出罂粟地，来到绿色的田野，在这儿狮子就又能呼吸这芬芳清新的空气了，而不是那些有毒的花香，这使得它能够更快地苏醒过来。

任务完成了，田鼠们解下自己脖子上拉车的绳索，一个个都穿过草地跑回了自己的家。女王最后一个离开。

“如果你们再需要我，”她说，“就到地里去叫喊，我们会听见的，会来帮助你们。告辞啦！”

“再见！”他们齐声说。多萝西紧紧地搂住托托，唯恐它会去追她和吓着她。

这之后，大家都来到狮子旁边围着它坐下，等着它醒过来；稻草人从附近的一棵树上给多萝西摘来一些水果，她把它们当午餐吃了。

第十六章

住在妇人家

当多萝西等人来到OZ的国土上时，天色已晚，于是他们决定找一户人家准备过夜。

胆小的狮子在罂粟地里躺的时间实在是太长了，吸进了太多致命的香味，过了好长一段时间，它才醒过来。不过当它把眼睛睁开并且从车上滚下来的时候，它发现自己居然还活着，非常高兴。

"我当时拼命地跑着，"它坐下来打了个哈欠说，"但是那些花对我来说气味太强烈了，弄得我手脚发软，实在是跑不动了。你们是怎么把我弄出来的?"

于是大家告诉了它关于田鼠的事，以及田鼠是如何慷慨地救活了它的。

"我一直以为自己块头大，一定是最强大的，什么都不用害怕；可是像花朵这样的小东西却差点儿要了我的命，像田鼠这样的小动物又救了我的命。这一切多么神奇啊！但是，伙伴们，现在咱们该做什么呢?"

"咱们必须继续前进，直到再找到那条黄砖路，"多萝西说，"那样咱们就能继续往绿宝石城走了。"

过了几个钟头，狮子彻底歇过来了，它深深地吸了口空气，又伸了伸懒腰，觉得舒服自在多了。于是，它们全体启程上路，尽情地享受着在这片柔软芳香的草地上穿行的快乐。没过多久，它们就到了黄砖路上，又转身朝着伟大的OZ居住的绿宝石城走去。

道路平坦，铺得整整齐齐，周围的原野一望无际，碧绿的草地上点缀着各种各样的花朵，非常美丽。几个旅伴看到眼前的这一切真是太高兴了，越发轻快地走着，它们已经把路上的危险远远地抛在了身后。

他们又一次可以看见建在路旁的栅栏了，不过这些栅栏不再是蓝色的，而是涂成了绿色。他们来到了一幢小房子前，往里面看了看，里面住着一位农夫。当然，这所小房子也是绿色的。整个下午，他们看到的都是绿色的房子，房子里的人全都穿着一种可爱的绿颜色衣服，戴着像梦赤金人的那种尖顶帽子。人们不时到门口看看他们，好像他们有问题要问似的；但是没人敢靠近他们，也没人和他们说话，这是因为人们都很怕狮子。

“这一定就是OZ的国土了，”多萝西说，“咱们肯定是离绿宝石城不远了。”

“是的，”稻草人应道，“这里什么都是绿色的，但在梦赤金人的国土上，蓝色是人们喜欢的颜色。不过这里的人好像不如那些梦赤金人友好，你看他们都躲着我们，我怕咱们是找不到一个地方过夜了。”

“但是我想吃点儿水果之外的什么东西，我很饿，”小姑娘说，“而且我肯定托托也快饿死了。咱们在下一幢房子前停下来和人们说说。”

于是，当他们来到一幢规模相当大的农舍前时，多萝西鼓起勇气走上前去敲门。一个妇人把门开了一条缝，刚刚够她往外看。她说：

“你要什么，孩子，为什么那头大狮子和你在一起？”

“如果你允许的话，我们想在您家过一夜。”多萝西答道，“这头狮子是我的朋友和伙伴，它很好，绝对不会伤害你的。”

“它驯服吗？”那妇人问道，把门稍稍开得大了一点儿。

“哦，是的，它很驯服，”女孩儿说，“而且它还是个特别胆小的胆小鬼，所以它怕你要胜过你怕它。”

“好吧，”那妇人稍稍迟疑了一下，又瞟了一眼狮子，觉得它的确看上去没有什么恶意，“如果是那样，你们可以进来，我会给你们一些晚饭吃，再给你们一个睡觉的地方。”

于是他们全都进了屋子，屋子里除了那个妇人之外还有两个孩子和一个男人。男人的腿受了伤，躺在角落里的一张长沙发上。他们见到这么奇怪的一拨人，似乎吃惊极了。那妇人忙着摆桌子的时候，那个男人问道：

“你们这是准备上哪儿去？”

“我们要去绿宝石城，”多萝西说，“去见伟大的 OZ。”

“哦，是这样！”男人大声说，“你们肯定 OZ 会见你们吗？”

“为什么不会呢？”她应道。

“哦，据说，他从来不允许任何人直接谒见他。我到过绿宝石城许多次，那是一个美丽而奇妙的地方，可是我从来没被获准见过伟大的 OZ，也没听说过有哪个活人见到过他。对于我们来说，他简直就是一个神话。”

“他从不出来吗？”稻草人问。

“从不。他整天整天地坐在他宫殿里的那间巨大的觐见室，甚至那些侍奉他的人都没面对面地见过他。”

“他什么样子？”女孩儿问。

“这就不好说了，谁也没看见过啊。”那男人沉思了一会儿说，

“要知道，OZ是一个伟大的巫师，他可以扮成他希望的任何样子。因此，有人说他看上去像一只鸟；有人说他看上去像一头大象；还有人说他看上去像一只猫。对另一些人呢，他像一位美丽的仙女，或是一个小孩子，或是任何一种他喜欢的形状。但是谁是真正的OZ，什么时候是他的原形，没一个活着的人能够说得出来。”

“这太奇怪了，”多萝西说，“但是我们必须设法去见他，不然我们这一趟就白来了。”

“为什么你们非要见可怕的OZ?”那男人问。

“我想让他给我些脑子。”稻草人急切地说。

“哦，OZ能轻而易举地办成这件事，”那男人宣称，“他的脑子可比他所需要的多。”

“我想让他给我一颗心。”白铁樵夫说。

“这对他来说也不费事，”男人接着说，“因为OZ有一堆心，不同大小、各种形状的都有。”

“而我是希望他给我一些胆量，我胆子实在是太小了。”胆小的狮子说。

“OZ在他的觐见室里有一大锅胆量，”那男人说，“他用一只金盘子盖在上面，防止它们跑掉。他会很高兴给你一些的。”

“我希望他把我送回堪萨斯。”多萝西说。

“堪萨斯在哪儿?”那男人惊奇地问。

“我不知道它的具体位置，”多萝西伤心地说，“但那是我的家，我肯定它是在某个地方。”

“这也很有可能办到。嗯，OZ可是万能的，他会替你找到堪萨斯的。不过，问题在于，首先你要见到他，那可是件难事。因为伟大的巫师不喜欢见任何人，而且他总是有自己的方式。那么小东西，你想要什么呢?”他接着问托托。托托只是摇了摇尾巴，朝他汪汪叫了两声。

那妇人招呼他们，说晚饭准备好了，于是他们就围到桌旁。妇人做了很多菜，多萝西喝了些美味的粥，吃了一盘炒鸡蛋，还有一盘好吃的白面包，她吃得有滋有味，这可比那些水果好吃多了。狮子只喝了一些粥，它说它不喜欢喝这种燕麦粥，因为在它看来，燕麦是喂马的，不是喂狮子的。稻草人和白铁樵夫什么都没吃。托托每样都吃了一点点，这两天它可真是饿坏了。

吃过晚饭，那妇人给多萝西铺床让她睡觉，床上垫得很厚很软，多萝西一躺上去就睡着了，托托躺在她旁边，狮子守卫着她的房门，这样她就不会被打扰了。稻草人和白铁樵夫站在一个角落里，整夜都没出声，生怕吵醒了多萝西。

第十七章 绿宝石城的门卫

他全身上下穿着绿衣服，就连他的皮肤都是一种发绿的颜色，和墙上的绿宝石颜色一样。

第二天清晨，太阳一出，他们就上路了，不久就看到天空中有一道美丽的绿色霞光，就在他们前面。

“那一定是绿宝石城了。”多萝西说。

他们越往前走，那绿色的霞光变得越来越亮，似乎他们已经接近了这次旅行的终点。他们很兴奋，加快了步子向前走，只是这段距离并不像他们想象得那么近。当他们到达那堵围着绿宝石城的大城墙前时，已经是下午了。那城墙又高又厚，也是鲜亮的绿色。

在他们面前，黄砖路的尽头，有一个大门。上面全部镶着绿宝石，在阳光下闪着光芒，连稻草人那双画出来的眼睛都被那夺目的光芒晃得眼花缭乱。

大门旁有一个门铃，多萝西按了一下门铃的按钮，听见里面传来一阵银铃般的响声。然后大门慢慢地打开了，他们全体走了进去，发现来到了一间高大的穹顶房间里，房间里的墙壁上有数不清的绿宝石，也在闪闪发光。

一个身材和梦赤金人差不多高的小男人走过来。他全身上下穿着绿衣服，就连他的皮肤都是一种发绿的颜色，和墙上的绿宝石颜色一样。他身旁有一个大大的绿盒子。

看见这些不速之客，那男人问道：

“你们到这里来干什么？”

“我们到这儿来见伟大的OZ。”多萝西说。

这样的回答使那小男人大吃一惊，他坐下来想考虑考虑。

“已经有好几年没人向我要求见OZ了。”他一边说，一边困惑不解地摇了摇头，“OZ很有权力，但是也很可怕，他一向不愿意被打扰。如果你是为了一件无聊的傻事来麻烦他那智慧的头脑，他可能会发火儿，说不定会在瞬间把你们全消灭了。”

“这不是无聊的事，”稻草人说，“这很重要。对我们每个人而言，没有比这更为重要的了。而且我们听说，OZ是一位好巫师。”

“他是个好巫师，”绿衣人说，“他很英明，把这里管理得井井有条。但是对那些不诚实或是出于好奇来接近他的人来说，他会变得非常可怕的。我是门卫，既然你们要求见伟大的OZ，我必须带你们去他的宫殿；但是在这之前你们得戴上眼镜。”

“为什么？”多萝西问。

“因为如果你们不戴眼镜，绿宝石城的光芒和辉煌会把你们的眼睛弄瞎的。不光是你们，即使那些住在绿宝石城的人也必须白天黑夜地戴眼镜。但是这些眼镜都很特别，他们都被锁着，因为绿宝石城刚建成的时候，OZ就命令这样做。唯一一把能开锁的钥匙在我手中。”

他拿出了一个大盒子，盒子里是各种型号、各种式样的眼镜。所有的眼镜全是绿镜片。门卫为多萝西找到了一副正好适合她的眼镜，并亲手把它戴到她的眼睛上。眼镜上固定着两条金色的带子，从多萝西头后边绕过去，被一把小锁锁在一起，钥匙就挂在门卫脖子上。眼镜一戴上，多萝西就是想摘也摘不下去了。当然，她也不愿意被绿宝石城的光芒照瞎了眼睛，所以她没吭声。

接着，绿衣人给其他人都戴上了眼镜，并把所有的眼镜牢牢地锁起来。

最后，门卫戴上了自己的眼镜，并且告诉他们，他现在可以送他们去王宫了。他从墙上的木钉上拿下一把金钥匙，打开了另一道大门，他们全跟随他穿过大门来到绿宝石城的大街上。

第十八章 进入绿宝石城

绿宝石城热闹非凡，大街上人来人往，他们全都穿着绿衣服，而且都有着发绿的皮肤。

真是一个神奇的城市，它的主人会是什么样的呢？

尽管多萝西和她的朋友们戴着绿色眼镜，但他们还是被这座奇妙城市的光芒晃得头晕目眩。

美丽的屋子，满布在各条街上，它们完全是由绿色的大理石建成，房子外面到处都用闪闪发光的绿宝石装饰着。他们走在一条用绿色的大理石铺砌的人行道上，这里是街区的中心。一排排的绿宝石紧密地排列在一起，在太阳下闪烁着光芒；一块块的窗子，都镶嵌着绿色的玻璃；就连这座城市上方的天空也染上了一种绿色调，太阳的光芒也是绿色的。

原来，连人的皮肤也是绿的。

绿宝石城热闹非凡，大街上人来人往，他们全都穿着绿衣服，而且都有着发绿的皮肤。他们都以一种好奇的目光看着多萝西和她的这群奇形怪状的伙伴。当看到狮子时，孩子们全都跑开了，躲在他们妈妈的背后。街上有许多商店，多萝西看见里面的一切也都是绿色的。

这儿似乎没有马，也没有任何动物。当需要运输的时候，男人们把东西装在绿色的小车里，他们在后面推着小车，人人看上去都是喜气洋洋、心满意足的，非常幸福。

这里的人生活很富足，也很快乐。

门卫带领他们穿过一条条街道，来到一幢大建筑物前。这幢建筑物正好在城中心，那就是伟大的巫师 OZ 的皇宫。门前有一名士兵，他穿着绿制服，留着绿胡子。

就要见到巫师 OZ 了，他是一个什么样的人呢？

“这是一群远道而来的异乡人，”门卫对他说，“他们要求见伟大的 OZ。”

“进来。”士兵应道。

于是他们穿过一道道宫门，被带到了一间大屋子里。这里铺着绿色地毯，陈设着绿宝石做的可爱的绿色家具。在进入屋子之前，士兵让他们每人都在一块绿垫子上蹭蹭脚，以免把尘土带进来。当他们坐下来时，士兵礼貌地说：

“请各位稍作歇息，我到觐见室大门那儿向 OZ 禀报你们到了。”

于是他们坐下来等着那士兵回来，过了好久，士兵总算回来了。这时多萝西问道：

“你见到 OZ 了吗？”

“嗯？我不是很明白你的意思，”士兵回答，“我从来没见过他。不过，当他坐在帘子后面时，我和他说话了，并且把你们的话告诉了他。他说，如果你们确实有最重要的事求见，他将接见你们。不过，你们不能一下

这个回答很认真，一副咬文嚼字的架式。这是一种幽默的写作手法。

子都进去，只能一个一个单独进去，他一天只见一个人。现在，我要带你们去房间了。你们都经过长途跋涉，现在可以在那儿舒舒服服地休息一下，因为你们得在宫中待好几天呢。”

终于要回到堪萨斯的家了吗？

“谢谢你。”女孩儿应道，“太谢谢OZ了。”

这时，那个士兵吹了一下绿哨子，立刻有一个姑娘进入了这间屋子。她长着一双美丽的绿眼睛，披着一头光亮的绿头发，穿着长长的绿袍子，连脚上穿的鞋也是好看的绿色。

她在多萝西面前深深地鞠了一躬，并且说：“请随我来，我带你到你的房间去。”

多萝西抱起托托，向其他所有朋友道了声再见，然后跟随绿衣女孩穿过走廊，上了三层楼梯，一直来到宫殿前面的一个房间里。多萝西一走进去，就深深地喜欢上了这里。这真是世界上最可爱的小屋子，有一张软软的、舒服的床，床上有绿色的丝绸被单和绿色天鹅绒床罩。屋子中央有一个小喷泉，不停地向空中喷出绿色的香水，香水又回落到一个精美的绿色大理石脸盆里。屋子里的窗户是绿的，窗帘也是绿的，窗口摆放着美丽的绿色鲜花。还有一只放了一排绿色小书的小书架。当多萝西打开那些书的时候，她发现书中全是奇怪的绿色图画，这使她大笑起来，因为这个地方真是太有趣了！

不会是专为多萝西准备的吧？看来巫师OZ似乎无所不能啊！

那姑娘为多萝西打开衣橱，她看到里面摆放着许多绿色的衣裙，全是用绿色的绸子、锦缎或是天鹅绒缝制的，而且全都合多萝西的身。

“你如果需要什么就打铃，我会马上过来，请一定不要客气，”绿衣女孩儿说，“OZ 明早召见你。”

把多萝西安排好之后，那姑娘又把其他人也带到了各自的屋子里，每个人都觉得借宿在这座神奇的宫殿里是一件有趣的事。当然，这样的优待对于稻草人和白铁樵夫来说，是毫无用处的，因为他们根本就不需要睡觉，所以也无法像多萝西一样感受其中的美妙。而狮子呢，它宁愿在森林中有一张用干叶子铺成的床，也不喜欢被关在一间房间里；但是它很聪明，不让自己因为这件事烦恼，所以它跃上床去，像只猫一样地滚着，并且呜呜地叫着，不一会儿就睡熟了。

胆小的狮子其实很可爱。

情境赏析

终于到达了绿宝石城，这里满眼都是可爱的绿色，街上的人们显得幸福、安逸。在 OZ 的王宫里，伙伴们受到了很好的招待，当然，这对于根本就不睡觉的稻草人和白铁樵夫，以及只想睡在森林里的狮子来说都是无所谓的。不过，大家都充满了希望，因为从明天开始，他们就要实现自己的愿望了。

名家点评

“……应该让孩子在童话故事中寻找快乐，并且轻松地忘掉那些让人不愉快的经历。”

——（美）弗兰克·鲍姆

第十九章

那双眼睛又眨了起来，并且焦急地望着她，就好像这位伟大的OZ认为：只要她愿意，她就肯定能做到。

第二天早饭之后，绿衣姑娘来接多萝西，并帮她挑选了一件最漂亮的长袍——是用绿色织锦缎缝制的。多萝西又穿上一件绿色的丝绸罩衣，还给托托脖子上系了一条绿发带，然后她们就朝着伟大的OZ的觐见室走去。

当多萝西来到一个大厅时，一些很久以来都企盼能接受OZ接见的人，用十分惊奇的目光望着她。其中一个悄声问道："你是真的要去拜见可怕的OZ吗？"

"当然，"小姑娘答道，"这是我来这里的目的，希望他肯见我。"

"哦，小姑娘，尊贵的OZ愿意见你，"那个传信的士兵回来说，"当我给他描述你的模样，尤其是提到你穿的那双银鞋子的时候，他非常感兴趣。最后我又向他说了你额头上有一块印记。于是，他决定了要接见你。"

就在这时候，铃响了，绿衣姑娘对多萝西说：

"这是信号。你必须单独走进觐见室。"

她打开了一个小门，于是多萝西勇敢地走了进去。这时她才发现，自己到了一个更加奇妙的地方。这是一间挺大的圆屋子，有个很高的穹形屋顶，墙壁、天花板和地板都覆盖着密密地连在一起的大个儿绿宝石。屋顶中央有一盏大灯，非常亮，像太阳一样灿烂，照得那些绿宝石闪现出奇异的光芒。多萝西被眼前的一切惊呆了。

但是最使多萝西感兴趣的是放在屋子中央的那个绿宝石做成的大宝座。它的形状像一把椅子，像所有的东西一样，上面镶满了闪闪发光的宝石。更为奇怪的是，椅子中央有一个巨大的脑袋，那个脑袋比最大的巨人的脑袋还要大。那个脑袋上没有头发，但是有眼睛、鼻子和嘴，没有身体支撑它，也没有胳膊和腿。

就在多萝西惊恐地盯着它看的时候，那双眼睛慢慢地转了过来，严厉而坚定地望着她。接着那张嘴动了，于是多萝西听到一个声音在屋子上空响起：

“我是伟大而且可怕的OZ，你是谁？为什么想要见我？”

这大脑袋里发出来的声音，并不像她预料的那么可怕。于是她鼓起勇气，答道：

“我是渺小的、温顺的多萝西。我来这儿请求你的帮助，帮助我回到堪萨斯。”

那双眼睛仔细地盯着她看了足足有一分钟，最后目光落在了她的鞋子上。然后那声音说：“你是从哪儿得到这双银鞋子的？”

“我家的房子落在东方女巫身上，把她砸死了，我从她那儿得到的。”多萝西答道。

“那你额头上的印记呢，是从哪儿得到的？”那声音接着问。

“那是善良的北方女巫和我告别时亲吻我留下的。”小姑娘说。

那双眼睛再一次严厉地望着她，然后OZ问：

“那么你希望我做什么？”

“我希望您能送我回到堪萨斯，我的叔叔和婶婶居住的地方。”她认真地回答。

那双眼睛眨了三次，最后它们又望着多萝西。

“你为什么找我来做这件事呢？”OZ 问。

“因为您强大而我弱小；您是一个伟大的巫师，而我只是一个无能为力的小姑娘。”她回答说。

“但是你已经强大到能够杀死东方邪恶女巫了。”OZ 说。

“那只是碰巧而已，”多萝西直率地回答说，“我的房子恰好落在她身上。”

“嗯，”那个大脑袋说，“我会给你我的答复的。不过如果你真的希望我用我的魔力把你送回家，你首先得为我做些事作为回报。在我们这个国家里，人人都要为索取的东西付出报酬的。”

“那么，我需要做些什么呢？”女孩儿问。

“杀死西方邪恶女巫。”OZ 回答。

“噢，这我可办不到！”多萝西大吃一惊，喊了起来。

“你杀死了东方女巫，而且穿上了这双银鞋子，那就证明你一定有这个魔力。现在，在这片地方就剩下一个邪恶女巫了，所以你一定要杀死她。等你告诉我她死了的时候，我就立刻把你送回堪萨斯——但是在这之前不可能。”

小姑娘哭了起来，她太失望了。

那双眼睛又眨了起来，并且焦急地望着她，就好像这位伟大的 OZ 认为：只要她愿意，她就肯定能做到。

多萝西伤心地离开了觐见室，回到了狮子、稻草人和白铁樵夫待的地方，它们正焦急地等着听听 OZ 对她说了什么。

“怎么样，OZ 都说了些什么？”它们焦急地询问。

“我没希望了，”多萝西悲伤地说，“OZ 要求我杀死西方女巫才肯送我回家，可这很难办到！我可从来不敢去杀死一个什么东西。”

然后她就给她的伙伴们讲述了她见 OZ 的整个经过。看到多萝西沮丧的样子，朋友们也很难受，但是又没有谁能帮得了她。

多萝西回到自己的屋子，躺在床上哭着睡着了。

第二十章

其他人会见OZ

OZ对每个人的要求都一样，那就是——杀死西方邪恶女巫。

第二天，绿胡子士兵来找稻草人，说：“跟我来，OZ召你去。”

于是，稻草人也被带到了那间大觐见室。

绿宝石宝座上坐着的是一位可爱的女士。她穿了一身薄薄的绿色绸衣，那飘垂着的鬈发上戴着一顶珠宝王冠。从她的双肩长出一对翅膀，色彩华丽，轻飘飘的，如果有一丝微风吹来，它们似乎就会扇动起来。

在那位美丽的女士面前，稻草人得体地鞠了一躬，弯到他那用干草填的身子所允许的程度。这时她抬起眼睛望着他，亲切地说：

“我是伟大而可怕的OZ，你是谁？你为什么要求见我？”

稻草人听了这句话，大吃一惊。他原以为OZ是多萝西说的那个大脑袋，可是眼前所见的完全是另一幅景象。不过他大胆地回答说：

“我只是一个稻草人，是用干草填的，因此我没有脑子。我来这儿请求你在我的头里放进脑子来代替稻草，这样我就可以变得和你管辖下的人一样聪明了。”

“你为什么要找我做这件事呢？”女士问。

“因为你聪慧而强大，再说没有别人能够帮助我。”稻草人回答道。

“我从来不施恩于人而不收回报，”OZ 说，“不过这次我将许诺，只要你能替我杀死西方邪恶女巫，我将给你很多很多的脑子。有这样的脑子，你将会成为 OZ 国最聪明的人。”

“我知道你曾要求过多萝西杀死那个女巫。”稻草人吃惊地说。

“是的，我要求过。我不在乎谁杀死她。在她死亡之前我不会使你如愿。现在走吧，在西方邪恶女巫死之前，不要再来求见我。”

稻草人沮丧地回到了自己的朋友们那儿，把自己会见 OZ 的经过详细地给大家描述了一番，并且把 OZ 说的话告诉了他们。当多萝西听说伟大的男巫不是她见到的大脑袋，而是位优雅的女士时，大吃一惊。

“这很正常，他是能千变万化的，”稻草人说，“不过我觉得他和白铁樵夫一样，需要一颗心。”

第三天早晨，绿胡子士兵来到白铁樵夫这儿说：“你跟我来，OZ 要召见你。”

于是白铁樵夫跟随他来到了大觐见室。他一边走一边琢磨：OZ 是那个可爱的女士，还是那个大脑袋？但是当樵夫进入大觐见室时，他自己都被吓了一跳，在他面前的既不是大脑袋，也不是一个女士，而是一只可怕的野兽。OZ 用了一个最可怕的野兽的形状作为自己的外形，简直和一头大象一般大，那绿色的宝座看来根本支撑不住它的重量。那野兽有一个犀牛般的头，脸上有五只眼睛，身体上还长出了五只长胳膊，还有五条又长又细的腿。厚厚的、毛茸茸的毛发覆盖着身体的各个部分。你再也想象不出一个样子比它更可怕的怪物了。

“我是 OZ，伟大而可怕。”那只野兽大吼着说，“你是谁？为什么请求见我?”

“我是个樵夫，用白铁做成的，因此我没有心，也就不能爱。我请求您给我一颗心，那我就可以像其他人一样拥有幸福了。”

“我为什么要为你做这事?”野兽盘问道。

“因为只有您能满足我的要求。”樵夫答道。

听到这话，OZ 低声吼了一下，但是声音沙哑：

“如果你确实渴望要一颗心，那你就必须去挣得它。”

“怎么做?”樵夫问。

“帮多萝西去杀死西方邪恶女巫。完事之后再来见我，那时我就会把全 OZ 国最大、最善良和最有爱心的心给你!”

白铁樵夫失望地回到了自己的朋友们那儿，把自己会见 OZ 的经过详细地给大家描述了一番，并且把 OZ 说的话告诉了他们。当多萝西和稻草人听说伟大的男巫不是他们见到的大脑袋，也不是位优雅的女士，而是只可怕的野兽时，更加吃惊了。他们全都对那位伟大的 OZ 能变换出这么多形状感到大为惊奇。

第四天，同样的，狮子也是由绿胡子士兵带进大觐见室。

狮子走进去，同样看见了那绿色的宝座，但是他真的大吃了一惊。因为他看见的既不是大脑袋，也不是位优雅的女士，更不是可怕的野兽，而是一个巨大的火球，正在炽烈地燃烧着。他简直不敢再看下去了。他试着走近火球，那热量太大了，把它的胡子都给烧焦了。于是它吓得退缩到门口。

这时从大火球处传来一个低沉、平静的声音：

“我是 OZ，伟大而可怕。你是谁？为什么要求见我?”

狮子回答说：

“虽然我是兽中之王，但是我是一头胆小的狮子，什么都怕。我来这儿是请求你给我一些胆量，这样我就可以名副其实地成为兽中之王了，像人们称呼我的那样。”

“为什么我要给你胆量？”OZ 盘问道。

“因为在所有的男巫之中，你是最伟大的，而且唯有你有权力接受我的要求。”狮子说。

那团火球熊熊地烧了一阵子，那声音又说话了：

“那么你得替我做件事，把西方邪恶女巫杀掉，并把邪恶女巫死掉的证据拿给我，那时候我就给你胆量。记住，只要那个女巫还活着，你就得依然是一个胆小鬼。”

听了这席话，那头狮子直想发怒，它觉得这简直就是一件不可完成的任务，但是又说不出话来回答。就在它默默地盯着火球看的时候，那火球突然变得更加炽热。狮子赶忙转过身，从屋子里跑了出去。

听完狮子的述说，大家更加惊奇，随之他们就开始唉声叹气了。

“咱们现在怎么办呢？”多萝西伤心地问。

“我们只能做一件事，”狮子答道，“就是按照 OZ 的要求，到温基国去，找到邪恶女巫，消灭她。”

“但是，如果我们做不到呢？”多萝西问。

“那我就永远得不到胆量了。”狮子断言。

“我也永远不会有脑子了。”稻草人接上说。

“我也就永远不会有一颗心了。”白铁樵夫说。

“那我也永远见不到伊姆婶婶和亨利叔叔了。”多萝西说着说着哭了起来。

“当心！别哭！”那位绿姑娘喊道，“眼泪会掉到你的绿绸袍子上，把它弄脏的。”

于是多萝西擦干了眼泪说：

“我想咱们必须试一试。不过，虽然我想见伊姆婶婶，但是我也不想杀死任何人。”

“我愿意跟你一起去杀死女巫。”狮子说，“不过我胆子太小了，杀不了那个女巫。”

“我也去，”稻草人宣布，“不过我帮不了你多少忙，我就是这么个大傻瓜。”

“我没心，甚至连要伤害一个女巫的心都没有，”白铁樵夫说，“不过既然你们都去，我当然也得去。”

于是这事儿就定了下来，他们决定第二天就开始他们的旅程。头一天晚上，大家都在为新的征程准备着，白铁樵夫在一块绿色的磨石上把它的斧子磨快，把它所有的关节都涂上了油。稻草人用新鲜稻草把自己填满了，多萝西用新的颜料把稻草人的眼睛描了描，这样他看东西就可以更清楚些了。那位待他们非常友好的绿姑娘在多萝西的篮子里放上满满一篮好吃的东西，还把一个非常漂亮的小铃铛用绿带子挂在了托托的脖子上。

一切准备就绪，他们早早就上了床，一觉睡到大天亮。

第二十一章 与狼的战斗

当狼的头领走近的时候，白铁樵夫抡起胳膊，把狼的头从它的身上砍了下去，那狼立刻死了。

第二天，他们早早就醒来了，绿胡子士兵带着他们离开宫殿，穿过了绿宝石城的一条条街道，一直来到门卫住的屋子。这位门官儿替他们挨个打开了他们眼镜上的锁，把眼镜又放回到他保管的那个大盒子里，然后礼貌地替他们打开了大门。门外有好几条路。

他们开始新的完全和之前不一样的征程。

“你知道哪条路通往西方邪恶女巫那儿吗？”多萝西问。

“没有路，”门卫回答说，“从来没有人想走那条路。”

这句回答更加表明了他们要走的是一条异常凶险的路，因为之前根本没人敢去。

“那么，我们怎样找到她呢？”小姑娘问。

“那很容易，”那个人回答道，“你不用找她，你只要让她知道你们在温基的国土上，她就会找你们的，而且让你们全都成为她的奴隶。”

“或许不会，”稻草人说，“因为我们打算消灭她。”

“哦，那就不知道了。”门卫说，“过去从来没人去消灭过她，也没有人能消灭她。不过，要当心，她既恶毒又凶残，不会轻易让你们消灭的。朝西走，太阳从那儿落山，你们会找到她的。”

听了门卫的话，他们转身向西方走去，那是一片长满了雏菊和毛茛的软软的草地。多萝西仍旧穿着她在宫殿里穿的那件漂亮的绸衣服，但是现在让她吃惊的是，她发现那件衣服不再是绿色的，而是变成了纯白色。托托脖子上的缎带也失去了绿色，变得和多萝西的衣服一样白了。

环境明显不一样了，由美丽、富足变成了荒凉、凄清。

他们很快就把绿宝石城远远地落在了后面。他们越朝前走，地面就变得越来越坑洼不平，而且斜坡也多了起来，因为在西部这片土地上，既没有农场也没有房子。

下午，太阳火辣辣地照在他们的脸上，因为在这片土地上没有树木为他们遮阳；入夜之前，多萝西、托托和狮子都累了，就躺在草地上睡着了，樵夫和稻草人担任警戒。

就是在同一时间，他们也许还不知道，西方邪恶女巫正在邪恶地看着他们。虽说西方邪恶女巫只有一只眼睛，可是那只眼睛像望远镜一样有威力，而且什么地方都看得见。所以，她坐在自己城堡的大门内，四下观望的时候就发现了多萝西和她的朋友们。虽然离得很远，但是他们已经进入了自己的领地，西方女巫非常生气。她决定干掉他们，于是就吹起那只挂在脖子上的银哨子。

一阵哨音之后，一群身高体壮的狼从四面八方朝她奔来。它们都长着长长的腿、凶恶的眼睛和尖利的牙齿。

西方邪恶女巫开始施展各种手段了。

“你们看见那些人了吗？到他们那儿去，”女巫说，“把他们撕成碎片。”

“你不把他们变成你的奴隶吗？”狼的头领问道。

“不，”她回答说，“他们一个是白铁的，一个是干草的，一个是女孩儿，而另一个是头狮子。没一个适合干活的，所以你们可以把他们撕成碎片。”

排比句。介绍了那个挑战团伙的详细情况。

“好吧。”那只狼说，然后就飞快地跑了，其他的狼跟在它后面。

狼来了，幸运的是稻草人和樵夫都醒着。刚开始他们都很害怕，樵夫稍微镇定了一下说：“让我来吧。你到我身后去，让我去迎战它们。”

樵夫抓起了自己磨得非常锋利的斧子，等待狼的进攻。当狼的头领走近的时候，白铁樵夫抡起胳膊，把狼的头从它的身子上砍了下去，那狼立刻死了。另一只狼跑了过来，樵夫又抡起自己的斧子，这只狼也倒在了白铁樵夫的利斧之下。

樵夫是勇猛而强大的。

一阵激战之后，樵夫的周围是一片狼的尸首。共有四十只狼，一次一只，总共杀了四十次，最后它们全死在了樵夫面前。

然后樵夫放下斧子，坐在稻草人身边说：“这是一场真正的战斗，朋友。”

它们俩坐着一直等到第二天早上多萝西醒来。当多第一次和女巫的交锋似乎很顺利，女巫后面的诡计还会这么容易对付吗？

萝西醒来的时候，看到这样一大堆毛乎乎的狼尸首的时候，可真吓坏了。当樵夫把一切都告诉了她之后，她感谢它救了大家的命，然后坐下来吃早餐。早餐后他们又踏上了征程。

情境赏析

本章是全书一个重要的转折点。虽然依旧是为了各自的梦想踏上征程，但是在这之前伙伴们基本上没遇到什么太大的危险，而且那时也都充满希望，因为只要找到巫师OZ就有可能达成愿望。可是以后的路，却是要去对付以前从没有人敢去对付的邪恶女巫，所以前方必然充满了艰险，小伙伴们又会如何去面对呢？

名家点评

崇尚简单的鲍姆，在自己的墓碑上只留下这样一行字："弗兰克·鲍姆，1856～1919"，但是对于那个年代的儿童和成年人来说，他却非同寻常。

——（爱）伏尼契

第二十二章 与乌鸦和蜜蜂的战斗

只听见一阵嗡嗡的巨大响声在天空中立刻响起，一大群黑蜜蜂朝她飞来。

就在这天早晨，西方邪恶女巫来到自己城堡的门前，用她那只可以看得很远的眼睛朝外望去。她很惊奇地发现所有的狼都死了，而那几个陌生人仍然在她的国土上穿行。这让她更加恼火，她大吼着，第二次吹响了她的银哨子。

只几秒钟的工夫，一大群乌鸦便从四面八方朝她飞来，这些乌鸦太多了，把天空都给遮黑了。邪恶女巫对乌鸦王说：

“你们看见那群陌生人了吗？立刻飞到他们那儿去，啄出他们的眼睛，并把他们撕成碎片。”

这一大群乌鸦朝着多萝西和她的同伴们飞了过去。多萝西看见远处黑黑的一片向他们压过来，顿时害怕极了。白铁樵夫挥着他的斧子，准备往前冲；狮子也弓起了背，准备大干一场；但是稻草人说：“这一仗是我的，躺在我旁边，你们不会受到伤害的。”

于是，除稻草人外，他们全都躺在了地上。稻草人站直身子，伸开双臂。乌鸦看见他，都吓坏了，因为这些乌鸦总是被稻草人吓着，所以不敢再往前飞了。但是乌鸦王说：

“不用怕，这是个用稻草填的人。我要啄出它的眼睛，把它撕成碎片。”乌鸦王飞向稻草人，稻草人一把抓住了它的头，拧着它的脖子，直到把它拧死了。接着另外一只乌鸦又向它飞来，稻草人又拧下了它的脖子。一阵激战过后，稻草人身边一共堆了四十只乌鸦的尸首。稻草人拧下了四十只乌鸦的脖子，直到所有的乌鸦都死了，躺在它身旁。看着自己的战斗成果，稻草人很满意，于是它招呼它的伙伴们起来，它们就又上路了。

西方邪恶女巫又一次朝外望去，看见她所有的乌鸦都躺在了一块，而这群陌生人仍然在她的土地上穿行。她大发雷霆，便又把她的银哨子吹了一次。

只听见一阵嗡嗡的巨大响声在天空中响起，一大群黑蜜蜂朝她飞来。

“看见那些陌生人了吗？快去把他们给我蜇死！蜇死！”西方女巫大声命令道。

于是蜜蜂转身迅速地飞走了，一直飞到多萝西和她的朋友们行进的地方。大家一开始都还没有注意，不过白铁樵夫看见它们来了，紧急关头，稻草人做出了决定。

“你赶快把我身上的干草拿出来，给多萝西、小狗和狮子盖上，”它对樵夫说，“这样蜜蜂就蜇不着他们了。”樵夫照办了，多萝西紧挨着狮子躺下，把托托抱在怀里，稻草把他们全都盖住了。

蜜蜂来了，可是它们转了好几圈，发现除了樵夫，找不到别的人可以蜇。就飞向樵夫，用力地向他扎去，但是它们所有的刺都在白铁上折断了，连一点儿也没伤害到樵夫。刺一折断蜜蜂就不能活了，黑蜜蜂就都死了，它们在樵夫的周围厚厚地躺了一地，简直像是一个个成色好的小煤堆。

然后白铁樵夫呼唤它的伙伴们起来，多萝西把草重新填到稻草人身体里，帮他恢复成原来的样子。于是他们就又一次踏上征途。

当看见自己的黑蜜蜂像煤一样堆成一堆堆时，西方女巫简直愤怒到了极点，她气得咬牙切齿，又跺脚，又扯头发。接着她叫来十几个奴隶，他们都是温基人，她给了他们锋利的长矛，让他们到那些陌生人那儿，把他们消灭。

这些温基人很胆小，但是他们又必须服从命令，因为他们是女巫的奴隶；于是他们步伐整齐地走向离多萝西不远的地方。这时狮子大吼了一声，向他们冲去。那些温基人吓坏了，拼命地往回跑去。

第二十三章 与飞猴的战斗

飞猴的领袖向多萝西飞过来，一边可怕地狞笑，一边伸出那毛茸茸的长胳膊。

温基人回到城堡后，由于没有完成任务，西方邪恶女巫用皮带使劲儿地抽打他们，又责令他们去干活儿。

最后西方邪恶女巫坐下来，思考着下一步该怎么做。她很快就又有了新的办法，她很自信这次绝对不会再失败。

她从柜橱中拿出一顶金帽子，这顶帽子周围有一圈钻石和红宝石。这顶金帽子有一种强大的魔力，不论谁拥有它，都可以召唤三次那些带翅膀的猴子，猴子们就会执行金帽子主人给它们的命令，但是从来没人可以命令这些奇怪的猴子三次以上。邪恶女巫已经用了两次这顶帽子的魔力。一次是把那些温基人变成了她的奴隶，并使自己统治了他们的国家。这是那些带翅膀的飞猴第一次帮她做事。第二次是当她和伟大的 OZ 打仗的时候，把 OZ 打败并把他赶出了西方国土，这也是那些飞猴帮她做的。所以现在，当那些凶恶的狼、野乌鸦和蜇人的蜜蜂全都死光，她的奴隶也被狮子吓跑了的时候，她只能再用一次这顶金帽子了。她认为，要想消灭多萝西和她的朋友们，这是唯一的办法了。

于是邪恶女巫从她的柜橱里拿起了金帽子，把它戴到自己的头上，然后她开始施魔法。

魔力开始起作用了。天空渐渐暗了下来，可以听到空中有一种低沉的隆隆声，这种声音很怪：有许多翅膀匆匆扇动的声音，还有很响的吱吱叫声和大笑声。

这声音持续了一段时间，太阳就走出了黑暗的天空，照在邪恶女巫身上——那邪恶女巫被一大群猴子围着，每只猴子肩膀上都有一对巨大有力的翅膀。

有一只猴子比其他的猴子大得多，似乎是它们的领袖。它飞到女巫身旁说：

“你已经是第三次，也就是最后一次召唤我们了。你有什么命令？”

“到我的领地里去，寻找那些陌生人，除了那头狮子以外，全部干掉！”恶毒的女巫说，“至于那头野兽，把它带到我这儿来，我想把它像马一样套上鞍子，让它干活儿。”

“遵从你的命令。”猴子领袖说，然后伴随着吱吱的叫声、吵闹声，这群飞猴飞走了。

飞猴们到了多萝西和她的朋友们正在行进的地方，还没等他们明白过来，一些猴子就抓起白铁樵夫，带着它飞过天空，飞到一片遍布着陡峭的岩石的国土之上。然后急速升空，直到他们高得不能再高的时候，它们把那可怜的樵夫扔了下去。樵夫的身体被摔得凹了进去，躺在那儿，既不能动也不能呻吟。

另外一些猴子则抓住稻草人，用它们长长的手指残忍地把它身上所有的草都拽了出来。它们把它的帽子、靴子和衣服裹成一个小包，扔到了一棵大树的树梢上。

剩下的猴子抛出一条条结实的绳子缠住狮子，直到它完全不能动。之后它们把他抬起来，带着他一起飞到女巫的城堡里，把它放到一个四周围着铁栅栏的小院子里。

飞猴的领袖向多萝西飞过来，一边可怕地狞笑，一边伸出那毛茸茸的长胳膊。就在它要下手的时候，它看到了善良女巫在多萝西额头上留下的亲吻印记。它立刻停住了，并示意其他的猴子不要碰她。

飞猴领袖对它的手下说："你们看到那印记了吗？那证明她是受善良力量保护的，那要比邪恶力量强大得多。咱们所能做的就是把她带到邪恶女巫的城堡，把她留在那儿。"

因此，它们小心翼翼地用自己的胳膊把多萝西轻轻地抬起来，迅速带她穿过天空，直至到了城堡里，把她放到前门的台阶上。然后那位领袖对女巫说：

"我们尽了自己的所能来服从你的命令。白铁樵夫和稻草人被杀死了，狮子被关在你的院子里。但是这个小姑娘，我们可不敢伤害她，也不敢伤害她抱在怀里的小狗。你对我们的权力现在结束了，而且你将永远不会再见到我们。"

接着，所有带翅膀的猴子大声笑着、吱吱叫着、吵闹着飞向天空，在一阵混杂的声响之后，它们很快就消失了。

第二十四章 被邪恶女巫奴役

沦为西方女巫的奴隶以后，多萝西越来越感觉到，要回到堪萨斯比任何时候都难了。

邪恶女巫打量着多萝西，当她看到小女孩儿额头上的印记时，她又惊讶又担心，因为她清楚地知道，这个印记证明谁都不敢用任何方法伤害那个女孩儿，不论是带翅膀的猴子还是她本人。她朝下看了看多萝西的脚，又看见了那双银鞋子，便吓得发起抖来，因为她知道那双鞋的魔力有多强大。

多萝西被抓了，真是让人担心，不过好在邪恶女巫不敢伤害她。

此时的邪恶女巫甚至因为害怕而想要逃走了，但是她碰巧看到了那孩子的眼神，发现那双眼睛后的灵魂是那么纯洁，那么可爱，而且小姑娘很显然并不知道那双银鞋子赋予她的神奇力量。因此邪恶女巫暗自高兴起来：“很显然她还不知道如何使用自己的权力，我仍然可以让她成为我的奴隶。”于是她严厉地对多萝西说：

不知多萝西会通过什么途径发现自己的权力。

“你跟我来，记住我所说的每一件事，并且按照我吩咐的去办；如果你不听话，我就让你完蛋，就像我对待白铁樵夫和稻草人那样。”

多萝西跟随她穿过了城堡里的那些漂亮的房间，最后一直来到厨房里。在那儿，女巫命令她洗干净锅和水壶，还让她扫地，不停地往火里添木柴。

实在没办法，目前看来只能忍气吞声。

多萝西非常顺从地去干活儿，因为她庆幸邪恶女巫没有杀死她。

有多萝西努力地干活儿，女巫决定自个儿到院子里去给那胆小的狮子套上挽具。什么时候她想驾车出去，就让狮子拉上她的车，她断定，这一定会使她风光极了。但是她一打开院门，狮子就大吼一声，凶猛地向她蹿过来，可把她吓坏了，她就又跑了出去，关上门。

"如果我不能给你套上挽具，"女巫隔着栅栏门对狮子说，"我就饿着你，在你按我的要求去做之前，你什么也吃不到。"

从这以后，她再不给那头被囚禁的狮子拿东西吃。每天中午她都来到门口，并且问道：

"你让我给你像马那样套上挽具吗？"

狮子总是回答：

胆小的狮子勇敢起来了。

"不。如果你敢进这个院子，我就咬你。"

你也许会奇怪，那头狮子怎么会有这么大的勇气抗拒命令呢？它不怕饿吗？原来，每天夜里，在女巫睡着了的时候，多萝西就偷偷地从柜橱里拿食物给它。吃完之后，它就躺在草铺的床上，多萝西就会躺在它的旁边，把头倚在它那软软的、蓬松的鬃毛上。它们一边互相倾诉着自己的灾难，一边商量着逃跑的办法。

但是它们想不出逃离城堡的办法，因为在城堡的每个角落都有黄色温基人在忠诚地守卫着。这些奴隶太惧怕女巫了，所以不敢违背女巫的命令。

小姑娘白天得辛苦地干活儿，尽管这样，女巫还常常威胁她，要用手里总拿着的那把旧伞打她。但是事实上她不敢打，因为多萝西额头上有那个印记。但那孩子不知道这一点，总是小心翼翼地干活，并为自己和托托担心。有一次，女巫用伞打了托托一下，那只勇敢的小狗便向她冲去，在她的腿上咬了一口。奇怪的是女巫被咬的地方并没流血，因为她太恶毒，她身上的血在好多年前就干了。

可怜的多萝西。

日子就这样一天一天地过去了。

现在，多萝西越来越感觉到，要回到堪萨斯比任何时候都难了，她觉得很悲伤，有时候甚至会伤心地一连哭上几个小时。每当她哭的时候，托托就安静地坐在她的脚边，望着她的脸，沮丧地哀叫着，表示它很为自己的小主人难过。托托倒不是真正在乎自己是在堪萨斯还是在OZ国，或者是别的什么地方，只要多萝西和它在一起就行，但是它知道只要小姑娘不快乐，它也就不快乐。

多萝西很悲伤，可爱的小狗托托也不好受。

情境赏析

经过前面一系列邪恶女巫的诡计，而小伙伴们团结一致，没有让邪恶女巫得逞。女巫终于想出了最后的杀招，利用强大的飞猴把伙伴们分别制伏，然后把多萝西抓进了女巫的城堡。因为女巫恐惧小女孩身上正义的力量，所以不敢伤害她，但是多萝西却没有丝毫办法逃出去，难道她真的要被女巫囚禁下去吗？她什么时候才能认识到自己拥有的力量呢？

名家点评

当不同年龄的读者在曾经引导了鲍姆的神奇的想象力面前敞开心扉时，他们的探索和发现开始无穷无尽。

——郭沫若

第二十五章 消灭邪恶女巫

女巫倒下了，她化成了一摊没有形状的、溶化了的棕黄色东西，并开始在厨房干净的地板上延展开来。

现在，邪恶女巫最为渴望的就是拥有多萝西穿着的银鞋子。因为只有得到那双银鞋子，她才会拥有更大的权力，比她失去的权力要大得多。

贪欲总是不容易被满足的。

因此，她总是贪心地望着多萝西，希望可以抓住机会把鞋子偷走。但是那孩子太为自己漂亮的鞋子感到骄傲了，除了在晚上和洗澡的时候，她从来不脱鞋。不过这两个时间对女巫来说都不合适，一方面，女巫太惧怕黑夜了，夜里不敢走进多萝西的房间去偷那双鞋；而另一方面，她对水的害怕又超过了对黑暗的害怕，所以当多萝西洗澡的时候，她从来不敢走近。的确，老女巫从来没碰过水，也绝不让水溅到她身上。

这么说，女巫也有她致命的弱点，只是，多萝西能不能尽快发现这一点呢？

不过这个恶毒的家伙非常狡猾，她终于想出了一个花招。她在厨房地板的中心放了一根铁棍，然后用她的魔法使凡人的眼睛看不见这根铁棍。因此当多萝西走过的时候，由于看不见铁棍，她就被绊倒了，伤得虽然并

狡猾的家伙终于想出了一条诡计。

不很厉害，但是她摔倒时一只银鞋子从脚上脱落了。不等她去拿，女巫就把它拿走了，而且穿到她那瘦骨嶙峋的脚上。

小姑娘看到自己的一只漂亮鞋子被拿走，很是生气，就对女巫说：

“还给我鞋子！”

“我不给，因为它现在是我的了，不是你的。我要留着它，”女巫一边说，一边对着多萝西大笑，“总有一天我还要把另一只从你那儿弄来。”

这句话太让多萝西恼火了，要知道那双鞋子可是她最喜欢的东西。她端起放在旁边的一桶水，向女巫泼去，把她从头到脚都弄湿了。

邪恶的女巫这么快就被打败了。

女巫立刻发出一声令人恐惧的号叫。当多萝西惊奇地望着她时，女巫开始缩小，并且渐渐地要变没了。

“你干的好事！”她尖叫着，“一分钟之内我就要溶化了。你不知道水会要我的命吗？”女巫用一种绝望的声音哀号着说。

多萝西从没有要杀死一个人的念头，所以她还有些歉意。

“当然不知道。我要是知道就肯定不会把水泼向你了。”多萝西答道，“怎么会这样呢？”

“水是我最大的敌人，只要沾了水，几分钟之内我就会化没了。我这一生都是邪恶的，但是万万没想到像你这样一个小姑娘能够把我溶化了，结束了我邪恶的一生。注意——我走了，这座城堡就是你的了。”

说完这句话，女巫倒下了，化成了一摊没有形状的、溶化了的棕黄色东西，并开始在厨房干净的地板上延展开来。多萝西惊诧地看着眼前的一切，一直看到女巫真的溶化没了。这下什么都没有了，老太婆所留下来的就剩那只鞋了，多萝西捡起了鞋子，用一块布把它擦干净，又穿在了自己的脚上。她总算是拿回了鞋子，不但如此，她又获得了自由。于是她急忙跑到院子中告诉狮子，西方邪恶女巫死了，他们不再是一块陌生土地上的囚徒了。

这个作恶多端的女巫就这么被戏剧性地消灭了。

情境赏析

西方邪恶女巫一直针对多萝西使用各种诡计，这次她终于又得逞了一次，抢夺了多萝西那有魔力的一只鞋子，可是万万没想到，这一次竟是她最后一次使用诡计，因为她再也用不着了——她被消灭了。这一段告诉我们，无论邪恶的力量有多么强大、多么的不可一世，但它们总归具有致命的弱点，只要坚持正义的力量，就总有战胜它们的那一天。

名家点评

鲍姆真像一个讲故事的“永动机”，在任何时候都可以编出一个奇幻的童话故事来。

——鲁迅

第二十六章 又聚在了一起

温基人很热情地款待着他们的恩人，多萝西和她的朋友们在黄色城堡里度过了快乐的几天。

多萝西告诉狮子，那邪恶的女巫已经被杀死了，狮子高兴得手舞足蹈，他们终于重新获得了自由。得知这件事的黄色温基人更是欣喜若狂，因为他们被迫为邪恶女巫当了好多年奴隶，她待他们一向残酷无比。自此，温基人把这一天当成最快乐的节日，载歌载舞。

胆小的狮子看着这些庆祝的人，若有所思地说："要是我们的朋友稻草人和白铁樵夫与我们在一起就好了！"

"咱们是不是应该赶快去救他们！"女孩儿焦急地问道。

"那当然。"狮子回答说。

于是他们把黄色的温基人召集在一起，问他们是否愿意帮助搭救他们的朋友。那些温基人说，是多萝西把他们从枷锁中解救出来的，他们愿意为多萝西做力所能及的一切。于是她挑选了几个看上去很能干的人，然后他们一起出发了。

他们走了一天多的时间才来到了那片满是岩石的旷野。他们看见可怜的白铁樵夫依然躺在那里，全身摔得坑坑洼洼。他的斧子就在身旁，但是斧子的刃已经生锈，斧柄也摔断了。

温基人轻轻地扶着白铁樵夫的胳膊，把它竖起来，并且把它带回到城堡。多萝西在路上看到自己的老朋友这副惨相，眼泪忍不住落了下来，那头狮子看上去冷静而悲哀。

由于白铁樵夫受损严重，当他们回到城堡后，多萝西就四处寻找白铁匠，希望他们能把白铁樵夫修复得和原来一样好。于是，白铁匠们在城堡中的一间黄色大房间里开始工作，在白铁樵夫的腿上、身子上和头上锤打、扭转、焊接、抛光、猛击，直到最终把它抻直了，变成它原来的形状，而且它的关节也和以前一样灵活。整整工作了三天四夜，白铁匠们在它身上打了几个补丁，它们干得挺出色，由于樵夫不是一个爱慕虚荣的人，所以它根本不在乎那些补丁。

当白铁匠们在修复樵夫的时候，另一些温基金匠们做了一把足金的斧柄，并且把它安到了樵夫的斧子上，代替那断了的斧柄；另一些人在磨斧子刃，直到所有的锈全磨掉了，斧子像打磨过的银子一样闪着光才罢休。

白铁樵夫站起来，走进多萝西的房间，感谢她搭救了它，两人拥抱在了一起，它高兴得流出了欣喜的眼泪。因为害怕它刚修复好的关节再次生锈，多萝西不得不用她的围裙一次次地擦去老朋友的泪水。那头狮子呢，看见这个情景，也不断地用自己的尾巴擦眼泪，那尾巴都湿了，这样它不得不走到院子里把尾巴在太阳下晒干。

“要是稻草人和咱们在一起，我就真是太高兴了。”得知所发生一切的白铁樵夫说。

“我们必须设法找到它。”多萝西说。

于是她就又召唤温基人来帮助她，温基人当然没什么说的。

他们又一起走了一天多的路，终于来到了那棵高树前，那些飞猴把稻草人的衣服早就扔到了树枝上。

树很高，树干又太光滑，根本没人能爬得上去。大家正在发愁的时候，白铁樵夫说：

“我把它砍倒，那样咱们就可以拿到稻草人的衣服了。”

白铁樵夫话一说完，就砍起树来。由于斧子很锋利，只几秒钟工夫，“咔”的一声，那棵树就倒了，稻草人的衣服立刻从那些树枝上落了下来。

多萝西把衣服捡了起来，让温基人把它们带回城堡，这些温基人争先恐后地把自家最干净最新鲜的稻草拿出来，把它们塞进了稻草人的衣服里。看！现在稻草人又完好如初了，它一遍又一遍地感谢大家救了它。

现在他们又聚集在了一起，温基人很热情地款待着他们的恩人，多萝西和她的朋友们在黄色城堡里度过了快乐的几天。

但是不管怎么高兴，多萝西想回堪萨斯的念头还是一天比一天强烈。

一天，多萝西跟朋友们说：

“咱们必须回到 OZ 那儿，去讨回他答应过的事。”

“对，”樵夫说，“我终于要得到我的心了。”

“我将得到我的脑子了。”稻草人高兴地接上说。

“我将得到我的胆量。”狮子若有所思地说。

“我将回到堪萨斯去了。”多萝西拍着手喊道，“啊，明天咱们就向绿宝石城出发吧！”

出发的行程就这么定下来了。第二天，他们把温基人叫到一起，向他们道别。温基人真舍不得他们走，而且他们越来越喜欢白铁樵夫了，便请求它留下来管理他们和西方这片黄色的国土。但是当他们知道这些人的决心是多么强烈时，温基人就拿出了他们自认为最珍贵的东西送给他们。他们给了托托和狮子各一个金项圈，赠给多萝西一只镶着宝石的美丽的手镯，给了稻草人一根带金头的手杖，以防它摔倒，还给了白铁樵夫一只镶嵌着金子和珍贵珠宝的银质油罐。

为了防止在路上饿着，多萝西走到女巫的柜橱前，把自己的篮子装满了食物以备路上用，在柜橱里她还看见了金帽子。她把它戴在自己的头上试了一下，发现正合适。她对金帽子的魔力一点儿也不知道，但是她觉得它挺好看，所以决心戴上它，把自己的太阳帽放进了篮子。

准备好啦，他们上路了，全体向绿宝石城进发。温基人向他们欢呼了三次，送上了许多美好的祝愿。

第二十七章

飞猴的过去

飞猴惹恼了盖伊丽特，所以它们必须遵照金帽子主人的命令做三件事。

你一定还记得，在邪恶女巫的城堡和绿宝石城之间没有道路——甚至连小径都没有。那四位旅行者来寻找女巫的时候是飞猴把他们带到城堡的。但是要想从这大片毛茛和黄雏菊地中找到回去的路，可比到这儿来要难得多了。

多萝西当然知道，他们的目的地在东方，所以必须朝着升起太阳的方向走。但是到了中午，太阳过了头顶的时候，他们就不知道哪儿是东哪儿是西了，不一会儿，他们就迷失在广阔的田野里了。但是不管怎么样，他们只能不停地走着。夜幕降临，月亮出来了，闪着明亮的光。于是他们就在那些散发着甜美的芳香的黄色花朵之间，一直熟睡到清晨——除了稻草人和白铁樵夫。

第二天早晨，太阳躲在了一片云彩的后面，方向完全无法辨别了。但他们还是勇敢地出发了，就好像他们都知道他们要往哪条路走似的。

“如果我们走得很远很远，”多萝西说，“我肯定我们会在某个时候到达某个地方的。”

但是一天又一天过去了，除了那片黄色的田野之外还是一片黄色的田野，他们什么也没见到。稻草人有些不耐烦了，发起了牢骚。

“我们肯定是迷了路。”他说，“我们要是不能及时找到路，就永远也到不了绿宝石城，我将永远得不到我的脑子了。”

“我也得不到我的心了，”白铁樵夫宣称，“我好像觉得自己简直等不到走到 OZ 国了。你们得承认，这行程可是太长了。”

“是呀，”胆小的狮子悄没声地说，“根本到达不了任何地方，我没有勇气继续迈步走了。”

托托发现这辈子自己第一次累得不想再去追逐从它头上飞过的蝴蝶，它伸出了舌头，喘着气望着多萝西，似乎是在问他们下一步该怎么办。这时多萝西也没有了精神，她坐在草地上，望着她的伙伴们，他们也坐下来望着她，这下应该怎么办呢？

“你们还记得那些田鼠吗？咱们召唤一下它们怎么样？”她建议，“它们或许能告诉我们去绿宝石城的路。”

“它们肯定能，”稻草人嚷道，“为什么咱们先前没想到这点呢？”

多萝西吹了吹那只一直挂在她脖子上的小哨子，那是田鼠女王给她的。没过几分钟，他们就听见了一阵嗒嗒的脚步声，好多只灰色的小田鼠跑到他们这儿来了。女王自己也在它们中间，她用她那吱吱的小嗓门问：“你们好，我的朋友们。我能为你们做些什么？”

“我们迷路了，”多萝西说，“你能告诉我们绿宝石城在哪儿吗？”

“当然，”女王回答说，“不过你们知道吗，你们一直在朝与它相反的方向走，现在可是越来越远啦。”但是接着她注意到了多萝西的金帽子，就说：“你为什么不利用帽子的魔力，召唤飞猴们来你这儿？它们用不了一小时就能把你们带到 OZ 国。”

“你说的是这顶帽子吗？我还不知道它有魔力呢。”多萝西吃惊地回答说。

“全都写在金帽子里面了，”田鼠女王回答说，“不过，如果你要召唤飞猴们，我们就得躲开了。因为它们尽搞恶作剧，把折磨我们当成最大的乐事。”

“它们会伤害我吗？”多萝西担心地问。

“啊，不会，它们必须服从戴那顶帽子的人。我们先躲起来了，再见！”然后她就跑得不见了踪影，所有那些田鼠都跟着她匆匆离去。

多萝西把帽子摘下来，仔细地看了看金帽子里面，发现的确有几行字。她想，那些字一定就是魔法了，所以很认真地读了那些指示，并把帽子戴到了自己的头上。

“埃普——波，派普——波，卡科——克！”她用左脚站着说。

“你说什么？”稻草人问，他不知道她在做什么。

“嗨——唠，嚯——唠，哈——罗！”她又用右脚站着说。

“哈罗！”白铁樵夫平静地应道。

“啧——啧，祖——啧，啧——克！”多萝西又用双脚站着说。

于是他们听到了响亮的吱吱叫声和翅膀的拍打声，这时一大群带翅膀的猴子飞到了他们这儿。猴王对着多萝西深深地一鞠躬，问道：

“您有什么吩咐？”

“我们想到绿宝石城去，”多萝西说，“可我们迷路了，你能帮助我们吗？”

“我们可以抬着你们去。”猴王答道，他话刚说完，就有两只猴子把多萝西抱在胳膊中和她一块儿飞走了。另外的猴子带上稻草人、白铁樵夫和狮子，一个小猴子抓起了托托跟在他们后面飞，那条狗拼命地咬它，它也没有停下来。

又看见这些带着翅膀的飞猴，一开始稻草人和白铁樵夫相当害怕，因为他们记得那些飞猴过去对待他们有多么坏，害得他们差点儿连命都没有了；但是这次他们看出来猴子没有想伤害他们的意思，所以他们就很快乐地跟着它们飞上了天空，顺便也能俯视一下地上那些美丽的花园和树木。

多萝西很轻松地坐在两只最大的猴子中间，而且发现它们中的一只是猴王。这两只猴子用自己的双手搭成了一把椅子，而且很小心，怕伤着她。

“你们为什么要这么服从金帽子的魔力呢？”她奇怪地问。

“那可是个很长的故事，要讲好久的。”猴王大笑着说，“不过咱们前头还有一段好长的路，如果你愿意，我会把这个故事告诉你，来消磨时光。”

“我当然很愿意听。”她回答说。

“在很久以前，”那个领头猴开始说了，“我们都是些自由人，快乐地生活在大森林里，从一棵树上飞到另一棵树上，吃些坚果和水果，我们想干什么就干什么，用不着把任何人称为主人。那时，我们的生活真是无忧无虑，而且很高兴，真是好玩极了，每一天中的每一分钟都过得很愉快。但是这是好多年以前的事了，在 OZ 还没有从天而降，也还没有统治这块土地之前。

“那时，在遥远的北方住着一位美丽的公主，同时她也是一位强有力的巫师。不过她可是一个很好的女巫，她所有的魔法都是用来帮助人民的，从来没听说过她伤害过哪个好人。她的名字叫盖伊丽特，住在一座富丽堂皇的宫殿里。每个人都非常爱她，但是她找不到一个可以爱的人，这是她最大的悲哀；因为她觉得所有的男人都太愚蠢太丑陋，配不上她这么漂亮和聪明的人。终于有一天，她发现一个男孩儿，他很英俊，有男子气，而且他的聪明超过了他的年龄。盖伊丽特从那时就打定主意，等他长大成人，一定要使他成为自己的丈夫。因此她把他带到了自己的红宝石宫殿，使出她所有的魔力让他变得强壮、善良、可爱，成为每个女人心目中的完美男人，就像任何一个女人所希望的那样。当奎拉拉（人们这样称呼他）长成了男子汉后，他被认为是这块土地上最优秀最聪明的男人，他的男性美在这个国家里如此出众，盖伊丽特深深地爱上了他，并且很快地为婚礼做好了准备。

我的祖父，老飞猴王，它们住在森林里，离宫殿不远。这位老猴王酷爱开玩笑，它对玩笑的喜爱会胜过一顿美餐。一天，就是在婚礼前，我的祖父正和它的部下飞出来，看见奎拉拉在河边散步。他正穿着一件粉丝绸和紫色天鹅绒做的昂贵衣服，我的祖父又想到了一个玩笑：它准备把他扔进河里，要看看他能够做什么。它一声令下，那群猴子飞了下来，用胳膊夹着奎拉拉一直飞到了河的中央，然后把他扔到了河里。

“‘游上来，我的好小伙儿，’我的祖父冲着他喊着，‘看看水是否弄脏了你的衣服。’奎拉拉是个聪明的小伙子，他不仅会游泳，而且好运气一点儿也没把他宠坏。他猛地钻出水面，并且大笑着向岸边游去。当盖伊丽特出来朝他跑去的时候，她发现他的丝绸和天鹅绒衣服被河水弄脏了。

“公主看到这一切，非常生气，她决定要收拾收拾这些飞猴。她让人把所有的飞猴带到她面前，命令说，应该把它们的翅膀绑起来，把它们扔到河里。这时我的祖父苦苦哀求，因为它知道，一旦猴子们的翅膀被绑起来，它们会在河里淹死的，而且奎拉拉也为它们说了好话。这下盖伊丽特才最后饶了它们，但附加条件是：带翅膀的猴子从今以后得遵照金帽子主人的命令做三件事。这顶帽子曾经是作为结婚礼物送给奎拉拉的，而且据说花费了公主的半个王国。这个要求倒不是很难，我的祖父和其他所有的猴子立刻同意了这个条件。这就是为什么不管金帽子的主人是谁，我们都要给他做三次奴隶的原因。”

“那么后来呢？后来它们怎么样了？”多萝西问，她对这个故事非常感兴趣。

“奎拉拉是金帽子的第一个主人，”那只猴子答道，“他第一个向我们提出了愿望。那就是在他们结婚之后，我们只能永远待在一个地方，永远不要让他的新娘看见我们。当然，我们不得不服从。

“后来，金帽子又落到了西方邪恶女巫的手中，她让我们把温基人变成奴隶，后来又把 OZ 本人赶出了西方土地，然后就是去杀死你们。不过现在金帽子归你了，你有权向我们提出三个愿望。”

等猴王讲完它的故事，多萝西朝下望了望，只见绿宝石城那闪光的绿色的墙就在他们面前。她对猴子们飞的速度感到惊讶，很高兴旅行结束了。这些奇怪的家伙在这座城市的门前把几个旅行者放了下来，猴王向多萝西深深一鞠躬，说：“好了，你们的目的地到了。以后如果你们还有什么要求，请一定通知我们。”然后很快地飞走了，猴群跟在它后面。

“这可真是一次美好的飞行。”小姑娘说。

“是的，而且是我们脱离苦难的捷径。”狮子搭腔说，“真幸运啊，如果不是你拿了这顶奇妙的帽子，我们现在还在大草原上迷路呢!”

第二十八章

就在屏风挡住的那块地方，他们看到了一个秃顶的小老头，他满脸皱纹，神情惊讶。

可以想象，他们这时是多么的喜悦，因为终于可以达成最终的愿望了。

四位旅行者重新来到了绿宝石城的大门前，拉了铃。在铃响了几次之后，门打开了，开门的还是原来的那个门卫。

"怎么！你们又回来了？"他吃惊地问。

"难道你不欢迎我们回来吗？"稻草人问。

所有人都认为不可能会有人从邪恶女巫手中逃脱。

"不是不欢迎，而是我以为你们去拜访西方邪恶女巫了。"

"我们是拜访了她。"稻草人说。

"那她又放你们走啦？"那个人纳闷地问道。

"她不得不这么做，因为她溶化了。"稻草人解释说。

"溶化了！哦，这可确实是好消息。"那人说，"谁把她溶化了？"

"是多萝西。"狮子严肃地说。

"天哪！"那人惊叫起来，然后朝多萝西深深地鞠了一躬。

接着他把他们领进自己的小屋内，再次从那小盒子里拿出眼镜戴到他们每个人的眼睛上，然后一个个地锁好，就像他上次做的那样。接着，他们又穿过大门，进了绿宝石城。

当人们从门卫那儿听说了他们已经把西方邪恶女巫溶化了的时候，他们全都聚在了旅行者们的周围，然后一大群人跟随着他们到OZ的宫殿去了。

人们的心情都很兴奋。

那位绿胡子士兵仍然在门前站岗，不过当他得知他们消灭了邪恶女巫，他立刻放他们进去了。然后又是那个漂亮的绿姑娘接待了他们，她照旧把大家带到了他们原来各自的房间。这样，他们可以一直休息到伟大的OZ准备接见他们的时候。

那位士兵立即把消息禀报给了OZ，说多萝西和其他的旅行者在消灭了邪恶女巫之后又回来了。但是OZ听了这个消息后没有任何反应。多萝西以为伟大的巫师会立刻召见他们，但是他没有。接下来的两天仍旧没有。这种等待太烦人了，而且让人疲倦，最后他们真恼了。他们按OZ的要求好不容易才消灭了邪恶女巫，OZ竟会以这种冷漠的态度对待他们。因此，稻草人最后要求绿姑娘给OZ带去另一个口信，说如果他不让他们立刻进去见他，他们就要召唤飞猴们来帮忙了，而且要弄清楚他是否信守诺言。

OZ听说邪恶女巫被消灭，似乎并不怎么高兴。

OZ得到这个口信，可吓坏了，因为他领教过飞猴的厉害，他可不想再见他们。于是他传话给他们，让他们次日清晨九点四十分来觐见室。

看来OZ也不是全能的，他也有自己致命的弱点。

四位旅行者真是太兴奋了，他们度过了一个不眠之夜，他们各自想着 OZ 答应过要给他们的礼物。多萝西只睡着了一小会儿，她梦见自己回到了堪萨斯，看见了大草原，也看见了伊姆婶婶，她真高兴。

谜底揭晓的一刻就要到来了。

第二天早上九点整，绿胡子士兵来到他们这儿，四十分钟之后，他们全体走进了伟大 OZ 的觐见室。

这次，他们每个人都在猜想自己看到的 OZ 又应该是什么模样，可是，他们环顾房间四周，却没看到任何人。这时所有的人都有点儿紧张，他们紧靠着门，彼此紧紧地挨在一起，因为这空荡荡的屋子里的寂静比他们见到的任何形态的 OZ 都更可怕。

OZ 为什么不露面，他怕的是什么？

不久，他们听到了一个声音，这个声音环绕着整个觐见室，好像是来自那个大圆屋顶顶端附近的某个地方。那个声音严肃地说：

“我是 OZ，伟大而可怕。你们为什么要见我？”

他们又把屋内的各个地方打量了一遍，可没看见任何人，这时多萝西说：

“我们前来请求您把许诺的东西给我们，OZ。”

“什么许诺？”OZ 问。

几位朋友心情很急切。

“您答应过我，在邪恶女巫被消灭之后，送我回到堪萨斯。”女孩儿说。

“您也答应过我给我脑子。”稻草人说。

“您也答应过我给我一颗心。”白铁樵夫说。

“您也答应过我给我胆量。”胆小的狮子说。

OZ 伟大而可怕，又怎么会这么胆小呢？

“那个邪恶女巫真的被消灭了吗？”那声音问，多萝西觉得它有点儿颤抖。

“是的，她真的被消灭了，”她答道，“我用一桶水把她溶化了。”

“我的天，她真的被消灭了，”那声音说，“多么突然！好，明天到我这儿来，因为我必须有时间想一下。”

“可你已经有足够的时间了。”白铁樵夫生气地说。

“我们可不能再多等一天了。”稻草人说。

“你必须信守你对我们的承诺！”多萝西嚷道。

那头狮子这次换了个办法，他认为最好吓唬一下这个男巫，因此他就高声大吼了一下，吼声那么狂野那么可怕，连托托都吓得从它身边逃开了，还碰翻了立在一个角落里的一面屏风。当那屏风哗啦一声倒下的时候，一时间他们全都惊呆了。因为他们看见，就在屏风挡住的那块地方站着一个小老头，秃顶，满脸皱纹，他看上去和他们一样惊讶。白铁樵夫举起斧子，冲向那个小老头，并喊道：

可爱的托托这次立了大功。

“你是谁？”

“我是伟大而可怕的 OZ，”与以往的声音大不一样，小老头用一种颤抖的声音说，“不过请不要打我！我将做你们要求我做的任何事。”

这样的 OZ，真让人料想不到。

朋友们吃惊而又不安地望着他，眼前的这个 OZ 可真是太让他们惊讶了！

“我原以为 OZ 是一个巨大的脑袋。”多萝西说。

“我以为 OZ 是位可爱的女士呢。”稻草人说。

“而我以为 OZ 是头可怕的野兽。”白铁樵夫说。

“我以为 OZ 是个火球呢。”狮子大声说。

“不是的，你们全都错了，”那个小老头柔和地说，“我是假装的。”

“假装的！”多萝西喊了起来，“你不是伟大的 OZ？”

“嘘，别这么大声说话，亲爱的，”他小声地说，“要是被人听见——那我就完蛋了。人们都以为我是一个伟大的巫师。”

“那你不是啦？”她急切地问。

“根本不是，亲爱的。我只是一个普通的人。”

原来一切都是个骗局，这让小伙伴们怎么不伤心？

“你不只如此，”稻草人用一种严肃的腔调说，“你是个骗子。欺骗了所有人的大骗子。”

“一点不假！”那个小老头一边说，一边摩擦着自己的双手，就好像这使他挺高兴似的，“我是个骗子。”

“但是这可太糟糕了，”白铁樵夫说，“我怎样才能得到我的心呢？”

“还有我的胆量？”狮子问。

“还有我的脑子呢？”稻草人尖叫起来，他不断地用衣袖擦去眼角的泪水。

大家顿时都很失望。一时间空气都要凝固了。

原来，OZ 是这样一个胆怯又虚伪的家伙。

“我亲爱的朋友们，”OZ 说，“我求你们别谈这些小事。想一想我，想想我要是被我的臣民发现了真相要遇到多大的麻烦。”

“没人知道你是个骗子吗？”多萝西问。

“没人知道，除了你们四位——还有我自己。”OZ 委屈地答道，“我让你们进入觐见室是一个极大的错误。我一般连我的臣民都不见，所以他们认为我是个可怕的人。我把所有的人骗了这么久，我一直以为自己永远都不会被发现了。”

“但是我不明白，”多萝西迷惑不解地说，“我分明看到的是一个大脑袋，这是怎么回事？”

“那是我的把戏之一。”OZ 答道，“请这边来，我会把有关的一切都告诉你们。”

OZ 自己揭穿了自己所有的把戏。

于是他领着他们走向觐见室后边的一间小卧室，这群小伙伴紧紧地跟在他后面。他指向一个角落，那里放着一个用许多层纸做成的大脑袋，还有一张精心画成的脸。

OZ 说：“我站在那面屏风后面，并且拉着一根线，使那双眼睛转动起来，使那张嘴巴张开。”

“可那个声音是怎么回事？”她询问道。

“哦，我是一个口技表演家，只要我想，我就可以把我的声音发出来，”那个小老头说，“而且我可以把这一切做得天衣无缝，你们就认为那声音是从那个大脑袋里发出来的。这儿还有其他我用来骗你们的东西。”他把他装扮成可爱的女士时穿的那件连衣裙和戴的面具拿给稻草人看。白铁樵夫看到的那头可怕的野兽只不过是一大堆缝到一起的兽皮，是用许多板条从里面撑起来的。至于那个大火球，也是假巫师从天花板上吊下来的。那实际上是一个棉花球，等到把油泼到上面时，那个球就猛烈地燃烧起来。

天衣无缝(fèng)：神话传说，仙女穿的天衣，不用针线制作，没有缝儿。比喻事物（多指诗文、话语等）没有一点破绽。

“真是，”稻草人说，“你应该为自己是这么个骗子而感到羞愧。”

几位朋友的希望就这么破灭了，他们将来可怎么办呢？

“是的，我知道——我当然知道，”小老头抱歉地回答，“但这是我唯一能做的事，我也是没有其他办法了。请坐，这儿有好多椅子，我会告诉你们我的故事。”

情境赏析

多萝西和几位伙伴战胜邪恶女巫、满怀希望地回到绿宝石城，静静地等待OZ帮他们达成愿望。可事实真相让他们无比灰心和沮丧，OZ竟然是一个把所有人都骗过了的大骗子，一切也都是个骗局。

名家点评

童年的影子，小多萝西占据着关键性的回忆。这是一套看了不知有多少遍的书，每每惊叹于小说所给的丰富想象。

——（苏）莫斯特洛夫斯基

第二十九章

OZ说："我从云层中下来，人们理所当然地认为我是个大巫师，他们愿意为我做任何事。"

于是他们坐下来，听他讲了自己的故事：

"我生在奥马哈——"

"怎么，奥马哈，那儿离堪萨斯可是很近的！"多萝西嚷道。

"是的，但是它离这儿更近。"他一边难过地说，一边对着她摇了摇头，"当我长大了，一个了不起的大师精心地培养了我，使我成了一个口技演员。他教会了我很多技能，使我能模仿任何一只鸟儿或野兽。"这时他喵喵叫着，简直就和真猫一模一样，就连托托都竖起了耳朵，四下里看了看，找那只猫在哪儿。"不过没多久，"OZ继续说，"我厌倦了这个工作，后来成了一个气球驾驶员。"

"那是干什么的？"多萝西问。

"在杂技表演的时候，往往会把一个人放在气球里升到空中，为的是把大群的人吸引过去，让他们付钱看杂技。"他解释说。

"噢，我明白了。"多萝西说。

"后来，有一天我乘一只气球升了上去，可是绳子绞在了一起，这样我就下不来了。气球上升到云层之上，那么高，有一股气流冲向它，把它带到了好多好多英里之外。我在空中旅行了一天一夜，第二天早晨我醒来时发现气球已经飘到了一个奇妙而又美丽的国度。

气球从空中慢慢地落了下来，我没有受一点儿伤。但是我发现自己在一群奇怪的人当中，他们围着我，认为我是一个伟大的巫师。因为他们看见我从云层中下来了，我当然愿意他们这样想，因为他们怕我，并且愿意服从我，还答应为我去做任何事。

我命令他们建造了这座城市和我的宫殿，目的是为了使我自己高兴，也为了使这些好人勤奋；当然他们全都甘心情愿地去做，还做得很好。后来我想，这片国土如此绿、如此漂亮，我就把它称作绿宝石城吧。为了使这个名字更名副其实，在我上任的第一天，我就让全体人民都戴上了绿色眼镜，这样他们看到的每件东西就都是绿色的了。”

“但是这里还是有很多东西并不是绿色的。”多萝西说。

“绿色是不比其他的城市多多少，”OZ 回答说，“但是当你戴上绿眼镜的时候，唔，当然你看见的东西对你来说，就都是绿色的啦，这就是我要让所有走进这座城市的人都戴上绿眼镜的原因。这座绿宝石城是好多年之前建成的，当气球带我到这里时，我还是个年轻人，而现在我已经很老了。不过我的人民戴了这么长时间的绿眼镜，他们大多数人都认为这确实是一座绿宝石城，当然这里确实是个不错的地方，有大量的珠宝和珍贵的金属，还有许多能使人高兴的好东西。我一向善待这些人，他们也喜欢我；但是自打这座宫殿建成后，我就一直闭门不出，不见任何人。

对于我而言，我最怕的就是那些女巫们，因为其实我根本没有魔力，但是我发现，那些女巫们确实能做很多奇妙的事。这个国家一共有四个女巫，她们统治着住在东、西、南、北部的人们。我原以为她们都是邪恶的，不过幸运的是，南方和北方的女巫是善良的，我知道她们不会伤害我；但是东方和西方的女巫是极为恶毒的，要不是她们认为我比她们更强有力的话，她们肯定会把我消灭了。其实，好多年来，我都生活在对她们的恐惧之中；所以你可以想象，当我听说你的房子把东方女巫砸死了的时候，我有多么高兴。所以当你来到我这里时，我曾经说只要你能把另一个女巫杀死，我愿意答应你一切要求；但是现在，虽说你把她溶化了，可我很惭愧地说，我无法履行我的诺言。”

“我认为你是一个非常坏的人。”多萝西听了这一切之后很生气地说。

“哦，不，亲爱的，我确实是一个非常好的人，但我是个很糟糕的巫师。”

“你不能给我脑子吗？”稻草人问。

“其实你根本不需要它们。你每天都在学习一些东西，而且你在地球上的时间越长，你肯定就会有更多的经验。”

“这些可能是真的，”稻草人说，“但是我会很不愉快，除非你给了我脑子。”

假巫师关切地望着他。

“可是，”他叹了口气，“像我说过的，我不是什么魔法师。但是如果你明天早晨来见我，我将把一些脑子填进你的头中。然而，对于这些脑子，我可不能告诉你怎么使用它们；这一切得靠你自己去发现。”

“啊，谢谢你——谢谢你！”稻草人听到这里大声说，“我会找到使用它们的方法的，不必担心！”

“可是我的胆量怎么办？”狮子着急地问。

“我肯定你现在有足够的胆量了。”OZ回答说，“你所需要的是相信自己，没有一个活物遇到危险时不感到害怕，真正的胆量是在你与危险的斗争中产生的。只要你敢面对危险，你就已经具备足够的胆量了。”

“或许我已经有足够的胆量了，但我还是害怕，”狮子想了想他这段时间以来的经历说，“除非你给我那种使人忘掉恐惧的勇气，否则我将真的不会很快乐。”

“好吧，既然这样，你也明天来吧，我会给你那种勇气。”OZ 回答说。

“那我的心怎么办？”白铁樵夫问。

“唔，至于这个问题嘛，”OZ 回答说，“我认为你想要一颗心是错误的。心使大多数人不愉快。如果明白了这一点，你就知道你没有一颗心是交了好运。”

“也许每个人的观点不同吧。”白铁樵夫说，“至于我，如果你能给我一颗心，我会毫无怨言地承受所有的不愉快。”

“好吧，”OZ 温和地说，“那么也请你明天来见我吧，你会有一颗心的。我已经装扮巫师这么多年了，我还可以再继续扮演些时候。”

“那么，”多萝西说，“我要怎么样才能回到堪萨斯呀？”

“这个问题咱们得好好想一想，”小老头说，“你可以给我两三天时间来考虑一下这件事吗？我会设法找到一个把你带出这里的办法。当然，你们住在这里的这些天，你们会被当成我最尊贵的客人受到款待，我的臣民会侍奉你们，有什么愿望你们尽管说，哪怕是你们最小的愿望都会得到满足。对于我的帮助——虽然说帮助不大，我只要一点回报，那就是——你们必须替我保密，不要告诉任何人我是个骗子。”

他们答应对所听到的一切严守秘密，然后精神抖擞地回到了自己的房间。就连多萝西都怀着希望，“那位伟大而又可怕的骗子”，即使她这样称呼他，她仍相信他会找出送她返回堪萨斯的办法。如果他做到了，她愿意原谅他的一切。

第三十章 OZ的戏法

OZ 想着自己刚才做的一切，得意地笑了，他在给稻草人、白铁樵夫和狮子所想要的东西上，的确是成功了。

第二天早晨，大家都异常高兴，尤其是稻草人。稻草人对他的朋友们说："你们祝贺我吧，我终于要去 OZ 那儿拿到我的脑子了。等我回来的时候，我将和其他人一样了。"

"虽然说有脑子的确很好，不过我还是喜欢原来的你。"多萝西直率地说。

"你真好，喜欢我这么一个没有脑子的稻草人，"它说，"但是当你听到我的新脑子产生出来的光辉想法时，你肯定会更看重我。"接着它用一种快乐的语调向大家告别，然后来到觐见室，在那儿它敲响了门。

"进来。"OZ 说。

稻草人走了进去，发现小老头坐在窗户旁，正在沉思。

稻草人对他鞠了一躬，"你好，我来要我的脑子。"稻草人有点儿不安地说。

"啊，我明白。请坐在那把椅子上。"OZ 应道，"不过你想得到脑子的话，我要把你的头拿下来。你一定得谅解，我必须这样做，为的是把你的脑子放到合适的地方。"

“没问题，只要你能给我脑子，”稻草人说，“你尽可以把我的头拿下来，一直等到它成为有脑子的头，那时你再把它放上去。”

于是巫师解下了稻草人的头，把稻草掏空了，然后进到里屋，拿出一些糠，在这些糠里掺进了许多钉子和针。他摇晃着使它们完全混到一起，然后把稻草人头的顶部装满了这种混合物，再把其他地方填上稻草，使得这些混合物可以固定在适当位置。然后他重新把稻草人的头安到他的身体上，他对稻草人说：

“从今以后，你会成为一个伟大的人了，因为我给了你好多糠做的新脑子，你现在是一个有脑子的稻草人了。”

稻草人感到既高兴又自豪，他终于实现了自己的伟大愿望，在衷心地感谢过OZ之后，他回到了自己的朋友那儿。

多萝西好奇地望着他的新脑袋。他的头顶装了脑子，可以说是鼓鼓囊囊的。

“那么你现在是一个什么感觉呢？”她问。

“我确实觉得聪明了。”他真诚地回答，“我想等到我习惯了我的脑子的时候，我将会什么都懂了。”

“但是你的头上为什么有那么多的针和钉子呢？而且它们都从你的头上扎了出来！”白铁樵夫奇怪地问。

“那就证明他是聪明的。”狮子说。

“嗯，那我必须到OZ那儿去要我的心。”樵夫说。于是他走到觐见室前，敲了敲门。

“请进。”OZ喊道，然后樵夫走了进去，直接对OZ说：“我来要我的心。”

“没问题，我可以给你颗心，”那小老头说，“但是我得在你的胸部开一个洞，这样我才能把你的心放到适当的地方。希望不会伤着你。”

“啊，不会的，你尽管做吧，”樵夫答道，“我根本感觉不到。”

OZ 走到一个五屉柜前，拿出一颗精致的心脏，完全是用丝绸做的，里面填满了锯末。“这不是个美好的玩意儿吗？”OZ 问樵夫。

“是的，一点儿不错！”樵夫回答，它太高兴了，“但是，这是一种心吗？”“啊，是的！”OZ 答道。于是 OZ 拿来一把白铁匠用的大剪刀，在白铁樵夫胸部的左边开了一个小小的方洞。然后，他把那颗心放进樵夫的胸部，然后把那块方形白铁重新放了回去，把打开的地方巧妙地焊接起来。

“好了，”他说，“现在你有一颗任何人都会感到骄傲的心了。很抱歉，我不得不在你的胸部打个补丁，但这实在没办法。”

“我不在乎，”那个快乐的樵夫高声说，“我非常感谢你，而且永远不会忘记你的好处。”

“不用这么客气。”OZ 说。

然后白铁樵夫回到了它的朋友们那儿，大家听了它的经历都很高兴，他们希望它因自己的好运气而快乐。

现在轮到狮子了，它走到觐见室前，敲了敲门。

“请进来。”OZ 说。

“你好，我来要我的胆量。”狮子进到屋子里时宣称。

“好的，这没有问题，”小老头答道，“我去拿给你。”

他走到一个橱柜前，从上面一层架子上取下一个绿色的方瓶子，里面盛着一些奇怪的液体，OZ 把液体倒入了一个雕刻精美的绿色金盘子里。巫师把盘子放到胆小的狮子面前，狮子闻了闻，好像不喜欢。巫师说：

“你把这个喝了吧。”

“这是什么？”狮子奇怪地问。

“嗯，这就是胆量。”OZ答道，“虽然你现在看到它只是一瓶液体，但是如果它进到你的身体里，它就是胆量。你知道，胆量总是在一个人的体内，所以在你把它吞下去之前，这确实还不能叫作胆量。所以我建议你尽快把它喝下去。”

听了这些，狮子不再犹豫，把盘子里的液体喝光了。

“现在你感觉如何？”OZ问。

“浑身是胆。”狮子回答说。它高高兴兴地回到了朋友们那儿，把自己的好运气告诉了他们。

现在就剩下OZ一个人了，他想着自己刚才做的一切，得意地笑了，他在给稻草人、白铁樵夫和狮子所想要的东西上，的确是成功了。

“我怎样能够避免不再做一个骗子，让大家都知道我并不是万能的？要满足稻草人、白铁樵夫和狮子的要求，这是比较容易做到的。但是对于送多萝西回到堪萨斯去，那就渺茫得没有把握了，我不知道怎样才能把这件事做成功。”

第三十一章 一个大气球

OZ坐在气球里，越升越高。从那以后，谁也没有再见到这位神奇的巫师。

又是三天过去了，多萝西没从OZ那儿得到任何信息。对这个小姑娘来说，这几天她可真是伤心极了，尽管她的朋友们全都十分快乐和满意。

稻草人告诉他们，它的头里现在有很多奇妙的思想。但是它不愿说出来，因为他知道，除了它自己，没人能懂。

白铁樵夫呢，每当它走来走去时，它感觉到了自己的心脏在胸腔里跳动；它告诉多萝西，它发现，与它原来是真人时有的那颗用肉做的心脏比起来，这颗心脏更善良，更温柔。

狮子宣称，它再也不怕世界上的任何东西了。甚至希望去面对一支由人组成的军队，或是十几只凶狠的卡利达。

在这个小集体中，除了多萝西，每一位都挺满意，她现在比任何时候都更渴望回到堪萨斯。

第四天，OZ终于召见她了，这个消息让多萝西特别高兴。她进入觐见室时，OZ愉快地说：

“亲爱的，请坐下，我想我已经找到了让你离开这个国家的办法了。”

“回到堪萨斯?”她急切地问。

“嗯，虽然我不能肯定它到底在什么地方，”OZ 说，“但只要做好一件事——穿过沙漠，那么回家就容易了。”

“可是我要怎么样才能穿过沙漠呢?”她询问道。

“让我来告诉你我的办法。”小老头说，“你知道，当我刚来到这个国家的时候，是在一个气球里。你也是从空中来的，被一阵龙卷风带来了。所以，我认为，要穿过沙漠最好的办法是从空中穿过。但是要形成一阵龙卷风可是完全超过了我的能力，不过要做一个气球我可是很在行。我把这件事想了一遍，你要相信我，我可以造一个气球。”

“怎么造气球?”多萝西问。

“最好用丝绸做，”OZ 说，“里边要涂上一层胶，因为要存放气体。我的宫殿里有大量丝绸，所以咱们做气球没问题。最关键的是要向气球内部充入一种气体，使它飘起来。但是 OZ 国缺少这种气体，所以我们只能利用热空气。而热空气不如那种气体好，因为如果空气冷了，气球就会在沙漠中落下来，咱们就会迷路。”

“你说什么？咱们?”小姑娘大声说，“你也和我一起走?”

“是的，当然啦，”OZ 回答说，“我可不愿意继续在这当骗子了，我受够了！多少年来，我从来不敢走出这个宫殿，因为我害怕被臣民发现我不是一个巫师。一旦他们发现了真相，他们就会怨恨我。可是整天待在这些屋子里也太让人厌烦了，所以说我宁可和你一起回到堪萨斯，再进一个杂技团。”

“我真高兴，有你做伴!”多萝西说。

“谢谢你。”他回答说，“现在，如果你愿意帮助我把丝绸缝到一起，咱们就开始干活，做咱们的气球。”

于是多萝西和 OZ 一起，把一条条的绸子剪成合适的形状。开始是一条淡绿色的绸子，然后是一条深绿色的，再后面是一条宝石绿的，因为OZ想使这个气球呈现出不同的色调。然后他们又拿起了针和线，把它们匀整地缝到一起。最开始只是很短的一条绸子，但是等到完工的时候，他们就有了一个二十多米长的绿绸子大囊袋。

最后，OZ在气球的里面涂上一层稀稀的胶，保证它不会透气，等做完了这件事，他便宣布气球做好了。

“但是我们必须有个可供乘坐的东西，找个大筐子来。”他说。于是他派那个绿胡子士兵找来了一只装衣服的大筐子，他用许多根绳子把这个筐子紧紧地系在气球底部。

一切都准备好了，OZ让他的士兵传话给臣民，说他要去拜访一位住在云层中的伟大的巫师兄弟，因此要坐着气球离开。这个消息很快传遍了全城，所有的人都出来观看这奇妙的景象。

人们从四面八方赶过来，OZ命令士兵把气球抬出来放到宫殿前面，大家都怀着极大的好奇心盯着它看。白铁樵夫已经砍了一大堆木头，现在他用木头点起了火。OZ托起气球的底部，举到火的上方，这样从火堆里冒出来的热空气就被那个绸子大囊袋收了进去。气球渐渐地鼓了起来，慢慢地升到了空中，到最后筐子只勉强挨着地面了。

这时OZ跨进筐子里，用很大的声音对他的臣民宣布说：

“我现在要走了，要去拜访我的一个朋友。我不在的期间，由稻草人管理你们。我命令你们像服从我一样服从他。”

因为气球里面的空气是热的，所以它的分量比外面的空气轻多了，因此它就鼓足劲儿升向天空，把拴在地面上的绳子拽得很紧。

“快上来，多萝西！”巫师喊道，“快点儿上来，不然气球就要飞走了。”

“等等，我的托托不见了，我怎么也找不到它。”多萝西应道，她不希望把她的小狗留下。原来，托托跑到了人群中，对着一只猫吠叫着。多萝西赶紧抱起它，连忙朝气球跑去。

她和托托离气球只有几步远了，OZ伸出双手，要帮她进到筐子里，这时只听“啪”的一声，拴气球的绳子断了，气球升上了天空。

“等等我，”多萝西在地上拼命地叫喊，“我也想去!”

“我回不来了，亲爱的，”OZ无奈地喊着，“再见啦!”

“再见啦!”每个人都喊着，所有人的眼睛都朝上看着巫师。他乘着筐子，渐渐地越升越高，最后进入了天空。

从那以后，他们当中谁也没有再见到那位神奇的OZ巫师，尽管他可能安全到达奥马哈，而且现在还在那儿。但是这里的人们亲切地铭记着他，并彼此诉说着：

“OZ可是一个非常伟大的巫师，他永远是我们的朋友。他在这儿的时候，为我们建造了这座美丽的绿宝石城，现在他走了，留下了聪明的稻草人来管理我们。”

过了许多天，大家都还在为失去那位神奇的巫师感到难过，高兴不起来。

第三十二章 去找南方女巫

坐气球回家的希望破灭后，多萝西又和朋友们去寻求南方女巫的帮助。

回家的希望彻底破灭了，多萝西哭得伤心极了。但是当她把这件事想了一遍之后，她又为自己没乘气球走而高兴。同时她也为失去了 OZ 感到惋惜，她的伙伴们也一样。

为什么没走反而高兴，作者这句话是什么用意？

白铁樵夫走到她面前，说：

“OZ 把心给了我，他却走了，我要是不伤心，那可真是忘恩负义了。但是你能好心擦去我的眼泪吗，这样我就不会锈住了。”

“当然，我很愿意。”多萝西一边回答，一边立刻拿来一条毛巾。她仔细地看着那些泪水，用毛巾把它们擦掉。樵夫哭完了，诚恳地谢过多萝西，并用他那镶着珠宝的油罐里的油把自己全身上下抹了一遍，以防不测。

这几位好朋友一直互相帮助。

稻草人现在成为绿宝石城的统治者了，虽然他不是巫师，臣民们还是为他骄傲。“因为，”他们说，“世界上没有一座城市是由一个用稻草填的人统治的。”

在气球带走 OZ 后的第二天早上，四个旅行者在那间发生了许多事情的觐见室相会。稻草人坐在大宝座上，其他的人恭敬地站在他面前，他们很亲切地商谈了一些事情。

恭敬：对尊长或宾客严肃有礼貌。

“其实我们并非如此不幸，”新的统治者说，“你看现在这座宫殿和绿宝石城属于我们了，我们高兴做什么就能做什么。要知道，不久前我还在稻田里的竹竿上，动也不能动，而现在我却是这座美丽城市的统治者，我对自己的命运就相当满意了。”

“我也是，”白铁樵夫说，“我对自己新的心很满意。”

“至于我嘛，我知道了我和活在世上的任何野兽一样勇敢——如果不是更勇敢一些的话，我就知足了。”狮子谦虚地说。

没有什么能够改变多萝西回家的愿望。

只有多萝西还是闷闷不乐：“可是我不想住在这儿，我还是想回到堪萨斯去，跟伊姆婶婶和亨利叔叔生活在一起。”

“噢，那么，能怎么办呢？”樵夫问。

稻草人决定想一想，但是它想得太使劲儿了，那些钉子和针都开始从它的脑子中扎出来了。最后它说：

“我们为什么不把那些飞猴召来，求它们带你飞过沙漠？”

稻草人的脑子真是很好用。

“你真是太聪明了，我怎么就没想到！”多萝西欣喜地说，“我立刻去拿金帽子。”

她把帽子拿到觐见室，又把帽子上的咒语念了一遍，之后不久，一阵杂乱的声音之后，那群飞猴就从开着的窗户飞了进来，站到了她的身边。

“这是你第二次叫我们了。”猴王一边说，一边向小姑娘鞠了一躬，“这次你想让我们做什么？”

“我想要你带我飞到堪萨斯。”多萝西说。

但是出乎多萝西的意料，这次猴王摇了摇头。

“这个我们做不到，”它说，“堪萨斯还没有过飞猴呢，而且我想永远也不会有的，因为飞猴不属于那儿。我们很乐意在我们的活动范围内用任何方式为你服务，但是我们不能穿过沙漠。再见。”

猴王又是一鞠躬，然后就展开翅膀从窗户飞走了，他的那群伙伴跟随在他后面。

多萝西失望得几乎要哭了。

“我白白浪费了一次金帽子的魔力，”她说，“这些飞猴们不能帮助我。”

一次接一次的失望。

“这真是太糟糕了！”心软的樵夫说。

稻草人又在想办法了，看着它的头鼓得那么可怕，多萝西真害怕它会破裂了。

稻草人总是能在恰当的时刻给出最好的建议。

“咱们把绿胡子士兵叫来，”他说，“听听他的建议。”

于是那位士兵被召了来。他怯生生地进了觐见室，因为在OZ统治着的时候，他从来没被允许跨过那道门。

稻草人对那士兵说：“这个小姑娘，希望穿过沙漠，她怎么能做到？”

“这我可不知道，”那士兵答道，“因为从来没有人穿过那片沙漠，除了OZ本人。”

“那么除了OZ就没有人能够帮助我吗？”多萝西恳切地问。

“让我想想，格林达或许可以。”他提议。

“谁是格林达？”稻草人询问道。

难道又要踏上一条艰险的旅途了？

“南方女巫。她是女巫中权力最大的一个，统治着阔德林人。此外，她的城堡就在沙漠边上，所以她可能知道穿过去的路。”

“格林达是一位好心的女巫，对吗？”多萝西问。

“虽然我没有见过他，不过阔德林人认为她很好，”那士兵说，“我听说格林达是一个美丽的女人，而且她对每个人都很善良。她知道如何保持青春，尽管她已经活了好多好多年。”

“但是我怎样才能去她的城堡呢？”多萝西问。

果然，前方的道路似乎仍旧充满艰险。

“沿着这条路一直通向南方，”绿胡子的士兵回答说，“但是听说对旅行者而言那里是一个充满了危险的地方。在去那里的路上有一片森林，森林里有野兽和一个很奇怪的民族，他们不愿意陌生人穿过他们的国家。由于这个原因，从来没有一个阔德林人来过绿宝石城。”

然后，那位士兵就离开了他们。但是稻草人说：

“照他的话看来，多萝西最好是到南方的国家去求格林达帮助她。不管有多么危险，多萝西还是应该去，因为要是留在这儿，她将永远回不了堪萨斯。”

朋友们关键时刻都不想放弃多萝西，都想尽自己的力量为她提供帮助。

“你一定想过了。”白铁樵夫说。

“我是想过了。”稻草人说。

“我将和多萝西一起去，”狮子宣布，“因为我已经厌烦你的城市，又渴望树林和乡村了。我确实是一头野兽，你知道。再说，多萝西需要有人保护。”

“这话不假，”樵夫同意，“我的斧子或许能为她服务，所以我也和她到南方的国家去。”

“咱们什么时候出发？”稻草人问。

“咱们？你也去吗？”他们吃惊地问。

“当然，如果不是因为有多萝西，我将永远不会有脑子。她把我从稻田里的竹竿上拿了下来，带我到了绿宝石城。所以说我的好运气全是她带来的，我将永远不离开她，直到她启程，永远地回到堪萨斯。”

稻草人虽然对现在的生活很满意，但为了朋友，他还是愿意一同去冒险。

“谢谢你，”多萝西看着朋友们，感激地说，“你们全都对我非常好。我想尽快出发。”

“咱们明天早上走，”稻草人回答说，“那么现在咱们全都去做准备，因为这又会是一段很长的旅程。”

不知这次又将会是什么样的结局？

情境赏析

伙伴们中的其他人都得了OZ的帮助，达成了一直以来心中的愿望，只有多萝西非常失望，因为达成愿望的最大可能（这片土地上最伟大的巫师OZ）已经消失了，不知道究竟还有没有机会回到故乡去。在这个时候，共同经历过艰险的朋友们聚在一起，集思广益，终于研究出一个办法——去求助于南方女巫。而多萝西决定要去之后，所有的朋友都想一同陪伴她，帮助她顺利抵达。这些让我们又一次从侧面了解了多萝西的可爱。

名家点评

鲍姆虽然也曾努力尝试去讲不同的故事，但狂热的读者不断写信催促他继续创作OZ国的故事，他们“逼”着鲍姆成为了真正的“OZ国的伟大魔法师”。

——（美）海明威

第三十三章 穿过大森林

当一根大树枝弯下来抓他的时候，樵夫拼命地一砍，很迅速地就把它砍成了两截。

第二天早晨，多萝西他们很早就起了床。多萝西再次和美丽的绿姑娘吻别，走到大门口时，又与绿胡子士兵们握了手。当那位门卫再次看见他们的时候，他真是很不解，他们又要离开这座漂亮的城市，抛弃这么舒服的生活去找新的麻烦。不过他立刻给他们的眼镜开了锁，把眼镜放回了那个绿盒子里，并且让他们带上他的许多美好祝愿。

当摘下稻草人的眼镜时，他对稻草人说："你现在是我们的统治者了，所以你必须尽快回到我们这儿。"

"只要能够的话，我当然会的。"稻草人答道，"但是，首先，我必须帮助多萝西回家。"

当多萝西向这位好脾气的门卫最后告别的时候，她说：

"在你们这个可爱的国家里，每个人对我都很好，我受到了贵宾一样的款待。我简直无法用言语表达我对你们的感激。"

"不用这么客气，亲爱的。"他回答说，"我们很愿意把你留在我们这里，但是如果返回堪萨斯是你的愿望，我希望你能找到路。祝福你们。"于是他打开了外墙的大门，他们朝前面走去，开始了他们新的旅程。

当大伙向南方出发的时候，阳光洒满了大地，鸟儿在枝头嬉戏。这几个小伙伴个个精神抖擞，他们一路上笑着，交谈着。多萝西心中再一次充满了回家的希望，而稻草人和白铁樵夫则非常高兴能为她效劳。至于那头狮子，他欣喜地吸着新鲜空气，因为又回到了野外，他觉得自由多了。他高兴地把尾巴摇来摇去，而托托则在他们周围追逐着飞蛾和蝴蝶，一直不停地叫着。

“那种城市生活根本不适合我，”狮子说，“自从我住在那儿，我就掉了好多肉，现在我真巴不得有个机会向其他的野兽展示一下我的勇敢。”

最后他们还是依依不舍地转身最后看了一眼绿宝石城。他们所能看见的是绿墙外面的一群城堡、尖塔顶和高于一切的宫殿的一个个尖屋顶和圆屋顶。

“OZ 并不是那么一个坏巫师，他最后还是把心给我了。”白铁樵夫说，一边摸了摸在胸口怦怦跳着的心脏。

“他知道如何给我脑子，并且还是非常好的脑子。”稻草人说。

“如果 OZ 喝了一剂他给我的同样的胆量，”狮子接上说，“他就该会是一个勇敢的人了。”

听了这些，多萝西什么也没说。OZ 没有履行对她的诺言，但是他已经尽了自己最大的努力，所以她原谅了他。正如他们所说，他是一个好人，即便他是一个不中用的巫师。

第一天的行程就是穿过绿油油的田野和绿宝石城外开满了花的鲜艳花丛。当晚，他们睡在草地上，他们的上空只有星星，但是他们休息得很好。

第二天早晨，他们继续行进，来到一片茂密的树林。到了这里，他们似乎有些找不着方向了。树林周围没有路了，依他们判断，这片林子似乎从左边一直伸展到右边。他们也不敢改变自已旅行的方向，唯恐迷了路。于是他们就寻找一处最容易进入森林的地方。

在前面领路的稻草人突然发现了一棵大树，这棵大树大得出奇，它的枝条伸展得老远，树下有好大一块地方，足够他们几个走过去。于是稻草人走向大树，但是他刚走到第一批树枝的下面，那些树枝就弯了下来，把它缠住了，只一下子它就从地上被举了起来，又被头朝下抛到了它那些同行的伙伴中间。

当然这伤不到稻草人，但是让它吃了一惊。当多萝西把它扶起来的时候，它还没弄明白到底发生了什么事儿呢！

“这些树之间有另一片空地。”狮子招呼着。

“让我先试试，”稻草人说，“因为我不怕被它们扔来扔去。”它一边说着一边走到另一棵树前，那棵树的树枝立刻抓住了它，同样地把它又给扔了回来。

“这可真是太奇怪了，”多萝西叫起来，“这下咱们怎么办啊？”

“这些树好像决心要和咱们打仗，不让咱们前进。”狮子说。

“我想我可以试一下。”樵夫一边说，一边扛起斧子走到第一棵树前。当一根大树枝弯下来抓它的时候，樵夫拼命地一砍，很迅速地就把它砍成了两截。这棵树所有的树枝立刻都摇了起来，好像很疼痛。白铁樵夫平安地从下面走了过去。

“你们快过来吧！”它朝着其他的伙伴喊道，“快！”

于是他们都从那棵树下跑过去了，除了托托，它被一根小树枝抓住了，而且被摇得东倒西歪，小狗急得汪汪直叫；但是樵夫立刻砍断了那根树枝，解救了小狗。

森林中其他的树没采取什么行动阻拦他们，所以他们认定只是第一排树能弯下树枝，或许这些树是森林警察，施展这种奇妙的权力来制止陌生人入内。

四位旅行者从树中间顺利地走过，一直走到远处树林的边缘。这时，他们吃惊地发现，自己面前有一堵高墙，它像盘子的表面一样光滑，像是用白瓷做的；而且比他们的个头还高。

“咱们现在怎么办？很显然我们翻不过去了。”多萝西问。

“让我来做一个梯子吧，”白铁樵夫说，“因为咱们必须要过这堵墙。”

第三十四章

住在这里的人们就更古怪了：他们全都是瓷的，连他们的衣服也是瓷的。

樵夫在森林里砍了几棵树，用它们来做梯子。在白铁樵夫做梯子的时候，多萝西躺了下来睡觉，经过长途跋涉她很累了。狮子也蜷起身子睡了，托托卧在他的身旁。

只有稻草人盯着樵夫干活儿，并且对他说：

“我真是想不明白，为什么会有堵墙在这儿，也不明白它是用什么做的。”

“等咱们爬过去，就会知道另一边是什么了。”樵夫看它还在那纳闷，就劝它说，“歇歇你的脑子吧，别为这堵墙操心了。”

自从有了脑子后，稻草人一直在高效率地使用它。

过了一会儿，梯子做好了。樵夫满有把握地说梯子是结实的，虽然它看上去挺简陋，但是用它一定能达到他们的目的。稻草人把多萝西、狮子和托托叫醒，并且告诉他们梯子准备好了。稻草人第一个爬上了梯子，但是他不够灵活，多萝西不得不紧跟在它的后面，以防它掉下来。当稻草人把头探过墙的时候，它惊讶地直喊：

“啊，天哪！”

“你倒是快上啊。”多萝西在下面喊道。

于是稻草人再往上爬，并且坐到了墙头上。多萝西上去后也把头探过墙，并且嚷道：

“啊，天哪！”和刚才稻草人喊的一样。

接着托托也上去了，并且立刻叫起来，但是多萝西让它安静了。

三个人连续惊叹地喊了三次“天哪”，给读者留下很大的悬念，那里一定有奇迹发生。

狮子接着爬上了梯子，白铁樵夫最后一个上去，但是在他们往墙那边望去时，两人都嚷道：“啊，天哪！”

他们全都坐在了墙头上。大家都纷纷朝下望去，看见了一幅奇怪的景象。

展现在他们面前的是一大片原野，地面闪闪发光，像一只大托盘底那样白而平滑。四下里稀稀落落的有许多房子，完全是瓷的，并且被涂上了最鲜艳的颜色。但是这些房子十分矮小，它们中最大的也只有多萝西的腰那么高。还有许多好看的小家畜厩，周围是瓷护栏，四处还站着一群群瓷做的牛呀、羊呀、马呀、猪呀，还有一些小鸡，一切的一切都是瓷做的。

排比句。介绍了这个瓷人国的人们的样子，他们很可爱，也很漂亮。

住在这里的人们就更古怪了，他们全都是瓷的，连他们的衣服也是瓷的。这些人里，有挤奶姑娘、牧羊女，她们都穿着颜色鲜艳的背心，而且她们的长袍上全是金片片；贵族妇女们全穿着华丽的银色、金色和紫色的长衣裙；牧羊人穿着粉色、黄色和蓝色竖条齐膝长的马裤，鞋上有金色的扣子；王公贵族们头上都戴着珠宝顶冠，穿着貂皮长袍，锦缎的紧身上衣；还有穿着带褶长袍的滑稽小丑们，他们的双颊涂着红粉，戴着尖尖的高帽子。而且他们都那么小，最高的一个也不及多萝西的膝盖高。

一开始并没有人留意这些过客，只有一只头特别大的紫色小瓷狗，跑到了墙下朝他们望了望，然后用很小的声音朝他们叫着，后来又跑开了。

所有的东西都是瓷的，真是一个可爱的、名副其实的瓷人国。

“咱们要怎么下去呢？”多萝西问。

大伙发现那梯子太重了，根本拽不上来，于是稻草人第一个从墙上翻了下去，又让其他人跳到他的身上，这样硬地板就不会伤着大家的脚了。当然他们都小心翼翼地不落到他的头上，因为害怕他脑袋里的那些钉子扎进自己的脚中。当所有的人都平安落地之后，他们扶起了稻草人，他的身子差不多被踩扁了，于是大家把他的草拍打成原来的形状。

“咱们必须穿过这个奇怪的地方，好到另一边去，”多萝西说，“因为除了往南去，走任何别的路都是不明智的。”

于是他们开始穿越这个瓷人国。尽管他们小心翼翼，还是遇到了许多麻烦，他们遇到的第一件事就是一个瓷人挤奶女工在给一头瓷牛挤奶。当他们走近的时候，那头牛突然受惊，它乱踢了一脚，把凳子和桶都踢翻了，连那挤奶姑娘自己也“啪啦”一声倒在了瓷地上。

原来，这个瓷人国是这么的易碎，这也能理解他们为什么需要那么高的一堵墙了。

多萝西吃惊地看到，那头牛把自己的一条腿弄断了，挤奶桶也碎成了好几小块，而那个可怜的挤奶姑娘的左胳膊肘也有了一道裂纹。

“看!”那挤奶姑娘一边揉着自己的胳膊，一边生气地嚷道，“瞧瞧你们干的好事！我的牛把腿弄断了，我还得到修理铺去把它再粘上。你们到这儿来吓坏我的牛，是什么意思?”

“实在是很抱歉，”多萝西答道，“请原谅我们。”

因为他们易碎，所以导致性格也很敏感。

但是那好看的挤奶姑娘可不愿意听他们的解释，她气得什么都没说。她拾起那条牛腿，很不高兴地带着牛走了。那可怜的小牛用三条腿一瘸一拐地跳着走。那姑娘一边扭头朝着这些笨手笨脚的陌生人责备地望了好几眼，一边紧紧地捧着那只裂了缝的胳膊肘。

樵夫总是为别人着想。

“他们真是太容易碎了，咱们在这儿必须特别小心，”心地善良的樵夫说，“否则咱们就会伤着这些好看的小人儿。”

往前走了不远，多萝西遇到了一个穿戴非常漂亮的年轻公主。她也是瓷做的，不过当她看到这些陌生人的时候，稍稍停了一下，然后又跑开了。

多萝西想多看看这位公主，所以就追着她跑，但是那个瓷公主喊了起来：

“别追我！别追我!”

他们的声音也都显得那样弱小。

她那惊恐的声音是那么小，多萝西就站住了，问道：

“为什么?”

“因为，”那位公主在一个安全的距离停了下来，转身对她说，“我要是跑，就可能摔倒，这样会把自己摔碎的。”

“但是，不能再修补好吗？”女孩儿问。

“能。但是修补之后就永远不会那么好看了，知道吗？”公主回答说。

“嗯，这倒是。”多萝西说。

“哦，你们看，那位是丑儿先生，是我们的小丑中的一位，”那个瓷女郎说，“他就总是做倒立，所以他会常常把自己打碎。他身上都已经修补了一百处，看上去一点儿也不好看。现在他过来了，你们可以亲眼看看。”

大家朝她指的方向望过去，不远处的确有一个有趣的小丑朝他们走过来。多萝西看得出，除了他那身好看的红、黄、绿色衣服外，他浑身布满了裂纹，横一条竖一条的，清楚地显现出他有好多地方被修补过。

因为是小丑，所以他不在乎自己是不是像公主那样完美。

看完之后，多萝西转过身来对那位公主说：“你这么美丽，请允许我将你放进我的篮子里带回堪萨斯，好吗？那里有我的家，我可以把你放到伊姆婶婶的壁炉架上，那里很温暖。”

“不，我可不愿意跟你去，那会让我不愉快的。”瓷公主说，“你看，在这儿，我们生活得很自在，而且可以自由地交谈和活动。但是什么时候我们被带走了，我们的关节就会立刻僵住，只能直挺挺地站着，只是看上去好看罢了。所以我们不愿意、也不能离开自己的国家，在这里，我们的生活要愉快得多。”

“没关系，我只是问问，无论如何我都不愿意你不高兴！”多萝西大声说，“那我这就告辞了。”

多萝西强烈希望回到家乡，所以她很理解公主的心情。

“再见。”公主应道。

在他们小心翼翼地穿过瓷人国时，一看见他们，那些小动物和人们就都从他们的面前跑开了，唯恐这些陌生人会碰碎他们。过了一个多小时，这些旅行者终于到达了这个国家的另一端，这时，另一堵瓷墙堵住了他们的去路。

不过，这堵墙可不像第一堵墙那么高，站到狮子背上他们就能攀住墙头。狮子把腿往身下一缩，一下就蹿上了墙；就在他跳起来的时候，他的尾巴把一座瓷教堂掀翻了，瓷教堂摔得粉碎。

“这真是太糟糕了，”多萝西说，“不过，真的，我觉得咱们还算是很小心了，除了碰坏一头牛的腿和一座教堂外，没对这些小人们有更多的伤害。他们全都这么容易碎!”

稻草人终于找到了比自己还可怜的家伙。

“的确，他们太容易打碎了，”稻草人说，“幸亏我是稻草人，不容易损坏。我现在才知道，这世上还有比做稻草人更糟的事啊。”

情境赏析

在去寻找南方女巫的旅途中，他们来到了一个用围墙密实地围起来的奇怪国家——瓷人国。瓷人国的所有东西都是脆弱、敏感的，他们是那么的惹人怜爱。当多萝西看到可爱的瓷公主，想把她带回堪萨斯的家里被对方拒绝时，她非常理解公主的心情，因为她自己就是一个远离自己生活的家乡，无时无刻不想早日回去的可怜孩子。

名家点评

鲍姆生前一直以“OZ国皇家史学家”著称，1905年，人们觉得OZ国的书还是不够多，于是创刊了一份小报纸《OZ都市报》。《OZ国的格琳达》是最后一部续集，在他去世后的1920年出版。

——（美）西奥多·德莱塞

第三十五章

狮子国王

野兽们向成了它们国王的狮子行礼，要求他一定要回来做它们的国王。

从瓷墙上爬下来之后，旅行者们发现眼前的景象可不是那么招人喜爱了：到处是泥塘和沼泽地。高高的野草丛生，因为草太密，让人看不见路，而坑又都被草遮住了，往前走不了多远就会掉进泥坑里。好在他们小心地挑着路走，总算平平安安地到达了结实的地面，这里好像比前面更开阔。在穿过了矮树丛，走了好长一段沉闷的路之后，他们进入了另一片森林，那里的树比他们以往见过的更高更古老。

"这真是一片可爱的森林，"狮子宣称，并高兴地环顾了一下四周，"我从来没见过一个比这儿更美丽的地方了。"

"只是看上去阴暗了些。"稻草人说。

"一点儿都不阴暗，"狮子说，"看看你脚下的树叶有多软、多干，附在那些老树上的苔藓有多厚、多绿。对于我们野兽来讲，这儿就是最舒适的家了。"

"说不定现在森林里就有野兽。"多萝西说。

"我想会有，"狮子回了一句，"但这附近我没看见它们的影儿。"

他们穿行在树林中，一直走到天黑得什么都看不见了才停下来。

多萝西和托托，还有狮子躺在松软的树叶上睡觉；和往常一样，樵夫和稻草人守护着他们。

清晨来临时，他们又出发了。没走多远，他们就听到了一阵低声的吵闹，像是有许多野兽在嚎叫，托托狂吠了几声，但其他人并不害怕。他们继续沿着这条被踩实的路朝前走，一直来到树林中的一片开阔地。

这开阔地上聚集着数百只各种各样的野兽，有老虎、大象、熊、狼、狐狸和自然界里的其他各种动物。看见有这么多的野兽，一时间，多萝西害怕了。狮子向她解释说，是动物们在开会，而且从它们的嚎叫和咆哮来看，它判断它们是遇到了麻烦。

狮子说话的声音太大，有几只野兽看见了它，集会立刻就像着了魔法一样静了下来。其中最大的一只老虎走上前来，对狮子一鞠躬，说：

“欢迎您，我们尊敬的兽中之王！您来得正是时候，我们希望您能去和我们的敌人战斗，把和平再一次带给森林中的动物们。”

“我不太明白您的意思。”狮子平静地说道。

“这段时间我们全都被吓坏了，”那只老虎说，“最近有一头巨大的怪物来到了这片森林里，是一个非常凶恶的敌人，它把我们都吓坏了。那是一头超级巨大的怪物，像一只大蜘蛛，它的身体像大象一样壮，腿像树干一样粗，长着八条长腿。这头怪物从森林里爬过的时候，就用一条腿抓起一只动物，把它拽到自己的嘴里，像蜘蛛吃苍蝇一样容易。它已经伤害了这个森林里的很多动物，只要这个凶恶的家伙活着，我们就不会安全。您刚才也看到了，我们正在这里召开一个会议，决定怎样打败这个怪物来保护自己。”

狮子想了片刻。

“这个森林里还有别的狮子吗？”他问。

“曾经有过，但是那怪物把它们都吃了，所以现在没有了。不过，它们也没一个像您这么高大，这么勇敢。”

“如果我把你们的敌人消灭了，你们会把我尊为林中之王，并向我称臣吗？”狮子问。

“当然愿意！因为没有什么比干掉这个怪物更让人高兴的了。”老虎回答说。

这时其他的野兽都发出大声的咆哮，一起吼叫着：“我们都愿意！”

“好的，请告诉我，你们说的那只大蜘蛛现在在哪儿？”狮子问。

“你看见那片橡树了吗？它就在那边，那片橡树中间。”老虎用前脚指着说。

“好的，我看见了，你帮我好好照顾我这几个朋友，”狮子说，“我立刻去斗那只怪物。”

狮子告别了自己的同伴们，然后骄傲地去和敌人作战。

当狮子找到那只巨大的怪物时，它正在躺着睡觉。狮子觉得它实在是太难看了：它的身体上盖着一层粗糙的黑毛，张着一张巨大的嘴巴，一排尖尖的牙齿有一米长。但是连接着它的头和身子的竟然是一个像黄蜂的腰那么细的脖子。

狮子想：这脖子应该是最好的攻击点吧，而且趁它睡着时进攻肯定会比醒了进攻要容易。所以它毫不犹豫地使劲儿一蹿，正好落到了那怪物的背上。然后，狮子用那武装着尖利爪子的前掌对着那脖子重重地一击，就把那怪物的头从身子上敲了下来。狮子跳下来之后，一直盯着那怪物，直到它那些长腿停止了扭动。这时它才确定那只怪物真正死了。

“嗯，不是很费力气。”狮子满意地说。

狮子昂首挺胸地回到了开阔地，森林中的野兽正在那里等候他。他骄傲地说：

“你们不必再害怕了，因为你们的敌人已经死掉了。”

大家纷纷跑到橡树林里去看，发现狮子说的是真的。这时，众野兽向成了它们国王的狮子行礼，要求它一定要回来做它们的国王。而它也答应，等多萝西一安全踏上回堪萨斯的路，就立刻回来统治它们。

第三十六章

来到阔德林人的国家

阔德林国的人似乎很富有，每个人都生活得非常幸福。

消灭了怪物，四位旅行者顺利地穿过了那片森林的其余部分。从阴暗中一走出来，他们看见面前是一座陡峭的山，从山顶到山脚都布满一块块巨大的岩石，根本没有路可以走。

“这座山看上去可不怎么好爬，”稻草人说，“但是，无论如何，咱们必须翻过这座山。”于是他在前面领路，其他人跟随着。他们就要到达第一块岩石的时候，听见山上一个粗粗的声音喊着：

“你们都给我回去！”

“你是谁？”稻草人奇怪地问。这时从岩石上探出了一个头，还是那同一个声音说：

“这座山属于我们，我们不允许任何人通过。”

“但是除了这条路我们别无选择，”稻草人说，“我们是去阔德林人的国家。”

“我还是不允许你们从这通过。”那声音答道。接着从岩石后走出来一个非常奇怪的人——他们所见过的最奇怪的人：他又矮又壮，还有一个大脑袋，头顶平平的，靠着一个满是皱纹的脖子支撑着，他根本没有胳膊。看到这一点，稻草人可不相信他能够阻止他们爬过这座山了，因此他说：

“我很抱歉。不管你愿不愿意，我们都不能照你希望的去做，我们必须从你的山上过去。”然后它又勇敢地往前走去。

突然，那个人的头闪电般向前射出，他的脖子也伸了出来，那个平顶的头重重地打到了稻草人的腰部，使他翻滚着摔下了山。与此同时，那个脑袋又飞快地回到了身子上。看到稻草人一脸的惊慌，那个人粗野地笑着说：

“这可不像你想的那么容易！”

这时在其他岩石后面，传来一阵吵吵闹闹的大笑，接着多萝西看见，山坡上有几百个没有胳膊的锤子头，几乎每块岩石后都有一个。

看见这些人居然在那幸灾乐祸，狮子真是太生气了，它发出一声雷鸣般的吼叫，冲上山去。

但是这时又有一个头飞速地朝狮子射了出来，伟大的狮子也翻滚着下了山，就像被一颗炮弹击中了一样。

多萝西赶紧跑下山，帮助稻草人站了起来，然后她又走到那头狮子身旁。它摔得鼻青脸肿，显得十分疼痛，它说：

“这些长着射击脑袋的人还真是厉害，继续和他们打下去毫无意义。”

“那我们怎么办呢？”多萝西问。

“召唤飞猴吧，”白铁樵夫建议道，“你不是还有再命令它们一次的权力吗？”

“这真是一个好办法。”多萝西答道，然后她戴上了金帽子，念起咒语。那些猴子和以前一样及时，几分钟之内整个猴群就站到了她面前。

“这次您想要我们做什么？”猴王一边询问，一边向多萝西鞠躬。

“把我们带到山那边，到阔德林国去。”女孩儿答道。

“遵命。”猴王说。那些飞猴立刻用胳膊抓起四位旅行者和托托，带着他们从那些锤子头的上方飞走了。当他们经过那座山的时候，那些锤子头把他们的头射向高空，焦急地尖叫着，但是它们够不到那些飞猴。飞猴们带着多萝西和她的伙伴们安全地飞过了那座山，把他们轻轻地放在了美丽的阔德林国。

“不过，我尊敬的主人，这是你最后一次召唤我们了。”那位领袖对多萝西说，“所以再见了，祝你们好运。”

“再见，非常感谢你们。”多萝西应道。那些猴子升上了天空，一眨眼工夫就不见了。

阔德林国的人似乎很富有，人人都很幸福。成熟的庄稼地一片连一片的，从庄稼地中间穿过的道路铺设得平平整整的，在田地间潺潺流淌着一条美丽的小河，小河上面架有结实的桥梁。栅栏、房子和桥梁全被涂成了鲜红色，就像在温基人的国家被涂成黄色、在梦赤金国被涂成蓝色一样，很显然，鲜红色是阔德林国人的颜色。那些矮矮胖胖、看上去圆圆乎乎、好脾气的阔德林人，全都穿着红衣服，那种颜色在绿草和发黄的庄稼的陪衬下显得格外鲜艳夺目。

这时他们发现自己的旁边有一栋大房子，四位过客走上前去敲了敲门，开门的是一位农夫的妻子。当多萝西告诉她他们想要点东西吃的时候，那女人拿出了很多东西招待他们：有三种蛋糕、四种饼干和一碗给托托喝的牛奶，他们吃了一顿丰盛的午餐。

“这里离格林达的城堡还有多远啊？”多萝西边吃边问。

“应该很近了，”农夫的妻子回答说，“一直沿着这条路往南走，不久就能到达。”

谢过了这位好心的农妇，他们重新出发了。身边是一片片的田地，小河上是一座座可爱的桥，沐浴着明媚的阳光，这群小伙伴走得很轻快。

不久，他们面前就出现了一座非常美丽的城堡。城堡门前有三位姑娘，穿着配有金色穗带的红色制服。多萝西走近时，她们中的一位问道：

“你们为什么来到南方的国家？”

“来见统治这里的善良女巫。”她回答说，“你可以带我们去她那儿吗？”

“那么请把你们的名字告诉我，我将去问格林达是否愿意接见你们。”他们向女兵通报了自己的身份，然后女兵就进了城堡。几分钟后女兵回来了，说多萝西和她的朋友们将会立刻得到接见。

第三十七章

会见善良女巫

在善良的南方女巫的帮助下，多萝西磕了三下鞋后跟，就觉得自己立刻飞起来了。

一想到要见到的是善良女巫，大家都很重视，都把自己最好的一面展现出来。

在见格林达之前，女兵把他们带到了城堡的一间屋子里。多萝西在那儿洗了脸，梳了头，稻草人拍打着自己使他自己能呈现出最佳形状，樵夫擦亮它的白铁并给关节上了油，狮子则把自己鬃毛上的尘土抖落掉。

看到大家都打扮得漂亮了，女兵就把他们带进了一个小屋子里。在那儿，他们见到了女巫格林达，她正坐在一张红宝石的宝座上。

女巫不仅年轻、美丽，而且亲切、善良。

这些小伙伴们发现，坐在他们面前的是一位美丽而又年轻的女巫。她的头发是鲜红色的，长长的、飘逸的鬈发披在肩上。她的衣裙是纯白色的，但是她的眼睛是蓝色的。她亲切地望着多萝西。

“我能为你做点什么吗？我的孩子。”她问。

于是多萝西就把自己全部的经历都告诉了女巫，又接着说：“我最大的愿望，就是回到堪萨斯去，因为伊姆婶婶肯定会认为我出了什么可怕的事，说不定她会为我穿丧服的；而且，除非今年的收成比去年好，否则，我肯定亨利叔叔是承受不了的。”

听了这一切，格林达探过身去吻了吻这个有爱心的小姑娘仰起的可爱的脸。

善良女巫也被小女孩的善良和爱心感动。

“愿上帝保佑你这颗善良的心，你真是个可爱的孩子。”她说，“我肯定能告诉你一条回堪萨斯的路。”接着她又加上一句：“但是如果我这样做，你必须把那顶金帽子给我。”

“这没有问题！”多萝西嚷道，“实际上，现在它对于我已没用了，而你有了它，你可以命令那些飞猴三次。”

“是的！我正需要它们服务三次。”格林达微笑着说。

于是多萝西把那顶金帽子给了她，然后女巫对稻草人说：“等多萝西离开了我们，你将做什么？”

“我要回到绿宝石城，”它回答说，“因为OZ让我成了那儿的统治者，而且那里的人民希望我回去。但是现在让我担心的是如何翻过锤子头人的山。”

“不用担心，靠这顶金帽子，我将命令飞猴把你带到绿宝石城的门前，”格林达说，“我可不想把如此特殊的统治者从人民手中夺走，要是那样的话可真是太遗憾了。”

得到这顶金帽子后，做的第一件事竟然不是为了自己，可见这真是一位善良的女巫。

“我真的特殊吗？”稻草人问。

“你很不一般。”格林达说。听到这句话，稻草人高兴得都要跳起来了。

她又转向樵夫问道："当多萝西离开这个国家后，你要去哪里？"

樵夫靠在自己的斧子上想了一会儿，然后说：

白铁樵夫的心还是一贯的那么善良。

"那些温基人对我非常好，我喜欢那些温基人。虽然说他们希望我在邪恶女巫死后统治他们，但是如果我能再回到西方那个国家，我还是不愿意去统治他们，只想做他们的朋友。"

"这个也没有问题，我对飞猴的第二个命令就是让它们把你安全地送到温基人的国家。你的脑袋看上去不像稻草人那么大，但是你确实比它聪明——当把你很好地擦亮之后——我肯定你会聪明又恰当地治理那个国家。"

然后女巫又看了看那头毛乎乎的大狮子，问道："当多萝西回到她自己的家中后，你会怎么样啊？"

"在锤子头山的那头，有好大一片古老的森林，"狮子回答说，"住在那里的所有野兽都尊我为它们的国王。如果我能回到这座森林里，我会在那儿非常愉快地度过我的一生。"

对飞猴的三道宝贵的命令，竟然没有一个是为了自己而做，这位女巫受人尊敬和爱戴绝非偶然。

"让飞猴把你带回到你的森林中，这将是我对那些飞猴的第三道命令。"格林达说，"然后，在用完了金帽子的权力之后，我将把它交给猴王，那样他和他那群伙伴就会永远自由了。"

稻草人、白铁樵夫和狮子这时都衷心地感谢善良女巫的仁慈，可是多萝西叫了起来：

"美丽的善良女巫！你还没说我怎么回到堪萨斯

去呢?”

“亲爱的，你的银鞋子会带你越过沙漠。”格林达笑了笑，“如果你早知道它们的魔力，你就会在你来到这个国度的第一天回到你伊姆婶婶那儿了。”

听了这话，多萝西一下子愣住了!

原来一切都这么简单!

“但是那样，我可能就要在那个农夫的稻田里度过我的一生了，我就不会有我奇妙的脑子了!”稻草人喊道。

“如果是那样，我将会站在森林里，生了锈，直到世界末日，永远也不会有我可爱的心了。”白铁樵夫说。

“如果是那样，我一辈子就会永远是个胆小鬼了。”狮子声称，“在所有的森林里，不会有野兽对我说一句好话。”

三个朋友为意外之喜而欣慰。

“这全是真的，”听了这些话，多萝西高兴地说，“我很高兴我曾经对这些好朋友有用处。如果早回去了，我也将永远无法认识你们这些朋友，但是现在，你们每个人都已经得到了自己最想要的。此外，每个人都很愉快，而且有了一个可以治理的王国。我想我是希望回到堪萨斯的。”

多萝西也没有丝毫后悔，她为能帮助朋友们而欣慰。

“那双银鞋子可是一双充满奇异魔力的鞋子，”善良女巫说，“它们最奇异的魔力之一就是，只需三步，就能把你带到世界上的任何地方，每走一步只是眨一下眼的工夫。你现在所要做的，就是把鞋后跟往一起磕三下，命令鞋子带你去你想去的任何地方。”

“就这么简单吗?”多萝西高兴地说，“我想让它们立刻带我回堪萨斯去。”

在共同面对艰险中建立的深厚情谊。

可是她立马又难过了起来，因为她就要和她可爱的伙伴们告别了。她伸出双臂抱住了狮子的脖子亲了亲它，又轻轻地拍了拍它的大脑袋。然后她又亲了亲白铁樵夫，它正在哭，那个哭法儿对它的关节最危险了，多萝西赶忙帮它擦掉了眼泪。最后她用双臂紧紧拥抱了稻草人那用草填的柔软身体，没有去亲吻它那涂了颜色的脸。因为她发现自己也哭了。

这时好心的格林达也从她那红宝石宝座上走下来，在这个小姑娘的额头上吻了一下，多萝西谢过了格林达对她和她的朋友们的所有好意。

多萝西最后郑重地对她的朋友们说了声再见，把托托抱起来，放在怀里，然后她磕了三下鞋后跟说：

“带我回家，到伊姆婶婶那儿！”

回家了！

立刻，她觉得整个天空都在旋转。真是太快了，她只能感觉到风呼啸着从她耳边掠过。

情境赏析

在经历了种种不平常的惊险，完成了千辛万苦的旅程后，几位伙伴终于见到了南方女巫，这位伟大的女巫就像人们传说的那样美丽、善良。她帮助几位伙伴分别达成了愿望。当她告诉多萝西极其简单的回家办法后，多萝西根本没有为之前经历的那些艰险而后悔，因为这样她才能有机会结识这些同样可爱、同样令人尊敬的朋友，才能有了这么一番让自己成熟、成长起来的经历。

名家点评

鲍姆的想象力在他的作品中发挥得淋漓尽致，充分体现了他深为孩子们所喜爱的构筑幻想王国的天分。

——冰心

终于到家了

第三十八章

多萝西和托托终于回到了堪萨斯，见到了亨利叔叔和伊姆婶婶。

片刻工夫，多萝西突然停住了，真的只走了三步。由于停得太猛了多萝西摔倒了，在草地上打了好几个滚儿，才停了下来。

多萝西站了起来，四下看了看。

“天哪！”她叫了起来。

她看见自己已经坐在辽阔的堪萨斯大草原上，在她面前的正是亨利叔叔的新农舍，那是在龙卷风把老房子吹走后搭建起来的，亨利叔叔正在谷仓前的空场上挤牛奶。托托一下子从多萝西的怀里跳了出去，跑向谷仓，高兴地汪汪叫着。

多萝西往前迈步时，才发现自己没穿鞋子。原来银鞋子在她穿越天空飞行时就脱落了，而且永远地丢在了沙漠里。

伊姆婶婶从房里走出来，提着水桶，正准备去给白菜浇水。她一抬头，竟然看见多萝西正向自己跑来。“我亲爱的孩子！”她激动地喊着跑上前去，张开双臂，把小姑娘搂在自己的怀里，一次次地亲吻，把多萝西的脸吻了个遍。“你到底从哪儿来？”

“我和托托都从遥远的OZ国来，”多萝西严肃地说，接着又高兴地跳了起来，抱着伊姆婶婶的腰，“哦，伊姆婶婶！我真是太高兴了，又回到家了！”